O ASSASSINO DE PESSOAS FELIZES

ALEX CRIVIER

O ASSASSINO DE PESSOAS FELIZES

1ª edição

BREAK POINT
EDITORA

BREAK POINT EDITORA LTDA.

Ribeirão Preto / SP

2020

Esta é uma obra de ficção e quaisquer referências a eventos históricos, pessoas reais ou lugares reais são usadas ficticiamente. Outros nomes, personagens, lugares e eventos são produto da imaginação do autor, e quaisquer semelhanças com eventos, lugares ou pessoas reais, vivos ou mortos, são inteiramente coincidentes.

Este livro foi revisado segundo o Novo Acordo Ortográfico da Língua Portuguesa. Edição, revisão, projeto gráfico e diagramação: Break Point Editora Ltda.

Catalogação na Publicação (CIP)
(Break Point Editora Ltda.)

C936o Crivier, Alex, 1968

O Assassino de Pessoas Felizes / Alex Crivier;
1. ed. - Ribeirão Preto: Break Point Editora Ltda.
2020. 138 p.

ISBN 978-65-87149-02-8
1. Romance; ficção. I. Título

CDD: B869.3
CDU: 82-311

BREAK POINT
EDITORA

Break Point Editora Ltda.
Caixa Postal 45 - CEP: 14001-970
Ribeirão Preto/SP (16) 3877-9511
www.breakpointeditora.com.br

Aos

discretos,

por sua

nobreza.

“Não há invejosos; há admiradores vesgos.”

Drummond

PRÓLOGO

Os três minúsculos demônios saíram do saco de algodão branco e rumaram, instintivamente, em direção ao calor das mãos pousadas forçadamente sobre a mesa.

Uma arma engatilhada contra a cabeça... o supremo poder de persuasão... - refletiu Sam.

Apesar de nausearem de pavor quando as bestas, subindo-lhes pelos braços, trataram de se embrenhar em suas roupas, nenhum dos candidatos a moribundo sucumbiu à tentação de reagir. As criaturas, por sua vez, há muito condenadas a um irrenunciável dever de matar, não decepcionaram.

Abraçada por sua suntuosa sala de jantar, a balzaquiana, sentada na cabeceira, soluçava e tremia febrilmente diante de outro saco branco, semiaberto sobre o tampo de vidro do móvel.

Agora alheia aos sofisticados entalhes nas suas cadeiras (que tanto valorizava), assistia, incrédula, às cabeças de seu marido (sentado à sua direita) e de seus dois filhos (sentados à sua esquerda) começarem a pender, silenciosamente, para seus respectivos lados esquerdo e direito, terminando, de forma estranha, como se olhassem submissamente para ela, resultado que agradou a Sam.

Não fosse o detalhe de uma teimosa baba escorrendo de suas bocas entreabertas, até se poderia dizer que seus olhares transmitiam uma espécie de "compaixão".

Ao perceber movimento por entre o pano branco à sua frente, a matriarca desabou a chorar torrencialmente. Seu rosto ficou inchado e vermelho, sua pesada maquiagem virou um borrão e sua figura, antes sempre tão *blasé*, era agora uma tragicomédia. O monstro que, desconfiado, passara a explorar o ambiente, era muito maior que os outros três saídos do primeiro saco.

Talvez atraído pelo que julgou ser algo bizarro, foi decidido na direção daquela caricatura de boca, que, de tão injetada com gordura de bunda, mais parecia um Sargo-de-beiço. As despojadas pupilas negras, fundidas nos olhos ainda mais negros, incrustados na cabeça preto-azulada fitaram, por um breve momento, o aterrorizado olhar de cílios postiços da figura, antes de meter-lhe as presas.

Um grunhido engasgado foi tudo o que se ouviu.

Sam teve que se esforçar para desprender a besta do lábio inferior da mulher e colocá-la, quase que gentilmente, não no seu respectivo saco alvejado, como já havia feito com os "*little demons*", mas num outro saco, de algodão cru, onde havia escrito com tinta vermelha: ***"Megera"***. Sentou-se languidamente na outra ponta da linda mesa e esperou que a cabeça da anfitriã começasse a pender.

Então, enfastiado, desengatilhou seu 38 e, quando a primeira baba dela pingou, levantou-se pesadamente, num esforço de ânimo, e foi arrematar a cena.

* * *

Pascal apertou a campainha da bela residência e aguardou por um instante. Soltando o ar impacientemente, apertou de novo. Quando já ia extrapolar o bom senso, uma jovem com cara e roupas amassadas abriu a porta:

- Sim?

Pascal se segurou para não parecer intrometido. *Duas horas da tarde e a madame dormindo?* - pensou, mal disfarçando uma ponta de raiva (já estava há horas apertando campainhas).

- Desculpe o incômodo. Pascal, Polícia. Estou coletando informações sobre seus vizinhos da casa 5.055, rua acima - disse ele, mostrando seu distintivo e esforçando-se para não deixar aparecer uma Glock 9mm presa ao coldre em seu tórax, sob um alinhado paletó de sarja preto.

- Pruffffffffff!!!... - bufou ela, sem se dar ao trabalho de disfarçar a postura de "saco cheio". - Moço, eu trabalho à noite, sou enfermeira. Mal conheço os vizinhos, por causa dos meus horários. E minha casa é 3.747, ou seja, você tá um pouco longe, né? - resmungou, apontando o dedo indicador para a ornada placa de bronze com o número em questão.

"Moço" era legal, Pascal gostou; sentiu-se lisonjeado. *Valeu a pena comprar este blazer de sarja* - pensou. De cabeça baixa, envergonhado por ter sido intimamente apressado no julgamento da "preguiça" da jovem, perguntou:

- Desculpe novamente, mas os fatos que investigo foram noticiados ontem na mídia e, dadas as características do caso, resolvemos ampliar nossa área de coleta de informações. Como se chama? Mora sozinha?

Pascal cruzara sem querer sua linha profissional. Não deveria ter feito as perguntas daquele jeito, ansiosamente. Talvez, ter sido chamado de "moço" o tenha distraído por demais. Ou talvez fosse a beleza desgrenhada da jovem, delineada por um pijaminha de tecido fino que marcava sua gostosa silhueta.

- Olha, eu tô morando com meus pais há pouco tempo, desde que formei e consegui emprego no Hospital Central. Sou Stéphane. Prazer - disse ela mais desperta, mudando o tom, sorrindo e estendendo a mão.

- Pascal, como eu falei - respondeu ele afoitamente.

- O que aconteceu no 5.055? Você é investigador de quê? - interessou-se a moça, olhando rapidamente para um celular que segurava na mão esquerda.

– Não viu noticiário? – perguntou ele, imediatamente percebendo a mancada que dera.

– Não... saí de um plantão, né? Vim direto pra casa e desmaiei.

– É claro, desculpe. – Pascal estava se desculpando demais. Tentou ser mais objetivo. – Sou da Homicídios.

– Homicídios? Quem foi morto no 5.055? Assim, pelo endereço, não posso dizer se conheço algum morador. Tem pessoas que vejo sempre aqui na rua, mas não sei exatamente onde moram. Foi assalto?

Pascal desviou.

– Notei que está com um smartphone. Já conferiu suas mensagens?

– Ainda não, não olhei direito. É muita coisa ao mesmo tempo, o pessoal manda de tudo, toda hora, sem parar. Tem post que acabo passando batido. Acordei com a campainha e peguei o celular na cabeceira da cama. É automático – disse ela com certo ar de cansaço. – A coisa deve ter sido feia no 5.055, pra você estranhar que eu não tenha visto na mídia. Pelo jeito fizeram bastante estardalhaço.

– Divulgamos pouca coisa. A repercussão se deu por outro motivo: a família inteira foi morta.

– Um troço desses nesta rua?! – desajustou-se ela. – Esse negócio de família inteira morta, isso é coisa de guerra de gangue!

- Infelizmente, não é bem assim. A loucura está democraticamente representada em todo lugar. Uns casos mais que outros, mas sempre bizarros.

Stéphane ficou demoradamente olhando para Pascal, como que com medo de perguntar sobre os detalhes. Pascal tratou de encaminhar o assunto:

- Aceitaria se encontrar comigo pra ver algumas fotos?

Em circunstâncias normais ele não faria esse tipo de pedido, mas claramente aquele pijaminha estava atormentando Pascal.

- Não quero ver fotos de assassinatos. Já vejo merda demais no celular. Desculpe. - Pascal ficou em dúvida se o pedido de desculpas fora pela recusa ou pelo linguajar. - E também já vejo corpos demais no hospital - continuou ela. - Mas lá, pelo menos, a gente tenta manter as pessoas vivas.

- Não quero que veja as fotos da ocorrência. Quero que veja fotos da vida das famílias.

- Hãmmm... ... ...(?) tá... ... tudo bem. Pode ser amanhã, por volta das 16 horas? E prefiro que seja num café, não gosto de delegacia. Tem uma cafeteria no quarteirão detrás do hospital.

- Combinado. Até lá, então - despediu-se Pascal, de um jeito esquisitamente assanhado.

Stéphane fechou a porta sentindo-se meio adolescente. Mas um pensamento ficou atrapalhando sua leve excitação.

Ele disse "famílias"?

* * *

Inconformado, Pascal olhava novamente para as fotografias espalhadas no painel em sua parede.

Essa gente não trabalhava? - passou-lhe o pensamento pela cabeça.

É só festa atrás de festa...

Imagem após imagem começava a surgir em sua mente um estranho padrão. Todos sorriam demais. Havia algo de mecânico ali. Resolveu comparar família com família, num olhar mais amplo.

- Famílias "Doriana" - disse o investigador Bernardo, adentrando no gabinete de Pascal e aproximando-se por detrás da cadeira do colega.

- Também pensei nisso, "Bern" - respondeu. - Mas esse pessoal tá artificial pra caralho! Parece que tô vendo um comercial da Barbie com o Ken!

- Tudo que é perfeito parece artificial. Pra ser natural, tem que ter um defeitinho. E ademais, acho que se eu vivesse uma vida como essas aí, todo santo dia na balada, na praia, no churrasco, viajando pelo mundo, minha cara ia parecer a do Coringa. Rico ri à toa. Deve até dar câimbra! - zombou Bernardo.

É - disse Pascal com um esboço de sorriso, seguido de uma mordiscada no lábio inferior e uma mudança de semblante. - Só que, quando falamos com as pessoas que conheciam essa gente, ou com vizinhos, a impressão que passaram foi de que, pessoalmente, eram "distantes" e, ouvi com muita frequência, "antissociais". Os adolescentes, na escola, eram tidos como "extremamente ansiosos", "fechados" e "narcisistas" - arrematou ele, conferindo seu bloquinho de anotações.

- Tirando o narcisismo, o resto é contrassenso total! - exclamou Bernardo. - Nessas imagens, são a definição de "descolados".

- Então, meu caro Bern... Só dá essa turma na Bobolândia...

- Bobolândia? - desentendeu Bern.

- Face, Insta, Twitter...

- Hehehehehe... procede... "Bobolândia"... hehehehe... tudo a ver... - Bern gostara da definição. Ficou repetindo baixinho: "Bobolândia"... hehehe...

Olhando ressabiado para Bern, Pascal retomou sua explanação:

- O fato é que a vitrine parece mesmo não fazer jus ao interior da loja. Apuramos casamentos fodidos, escorados em interesses de grana, internações em clínicas de reabilitação e horas e mais horas de sessões com psiquiatras. Eu adoraria poder fuçar nas fichas médicas...

- Resumindo, quatro famílias que tinham tudo e não escondiam, mas em termos de "inner self", era como se não tivessem nada, e isso escondiam. Clichezão! Conseguiu alguma ligação entre elas, além do fato de posarem de "Dorianas" na "Bobolândia"? - ironizou Bern.

- Não parece haver algo que as ligue, exceto, como você pontuou de forma muito profissional, o fato de parecerem perfeitas - disse Pascal, devolvendo a ironia. - Nas quatro cenas de crime temos os mesmos detalhes. Mas só na última cena, da família do 5.055, é que havia o bilhete.

- Meu, eu vou dizer de novo: o bilhete não é do assassino, é só um pedaço de papel que estava no bolso da camisa do morto. Não tem nenhuma mensagem ali, eu te disse quando me mostrou. É apenas a anotação, pra não se esquecer, de alguma citação que aquela vítima viu e gostou - insistiu Bernardo.

Pascal ficou olhando para ele com cara de quem não estava convencido. Rebateu:

- Eu comparei a caligrafia das vítimas e dos familiares com a do bilhete. Nada a ver...

Bern foi mais incisivo na defesa de sua dedução:

– Acho que o tipo de arranjo macabro das cenas vai dizer mais sobre o caso. Assassinos seriais são metódicos. Teria que haver bilhete em todas as casas. Mas se continua encucado, leva o papel praquela psicóloga que te falei outro dia, a do livro sobre análise de poemas. Não vai ser perda de tempo, ela é muito gata...

Bernardo deu dois tapinhas no ombro direito de Pascal e saiu rindo baixinho.

"Bobolândia"... hehehehehe...

* * *

A pobreza do eu

a opulência do mundo

A opulência do eu

a pobreza do mundo

A pobreza de tudo

a opulência de tudo

A incerteza de tudo

na certeza de nada

Fátima cutucava as pontas dos dedos da sua mão esquerda com a unha do dedão. Alternava de vez em quando, cutucando a ponta do dedão com as unhas dos dedos já cutucados.

Com o cotovelo esquerdo apoiando o antebraço na vertical, folheava com a mão direita o livro Corpo, de Drummond, detendo-se no poema Balanço.

A mão esquerda parou de se cutucar e, quase que imediatamente, a outra mão, que estava apoiada sobre o livro, assumiu o irritante ritual.

Recostou-se na cadeira, recolhendo os braços e apoiando as costas das mãos espalmadas sobre as coxas. Agora cada uma das mãos assistia aos dedos da outra cutucarem-se freneticamente.

Ela estava ansiosa. Bastante ansiosa. E inquieta. Seu "T.O.C." a denunciava descaradamente. Nem todos os seus anos como psicóloga foram capazes de lhe permitir controlar esse Transtorno Obsessivo Compulsivo, que ela sabia estar ligado ao sentimento de perda.

Bastava se deparar com a morte e lá vinha o tique com os cutucões. Até sangrarem os dedos. Até desorientarem a alma. Até verem os sete palmos no húmus. Até que algum vento sussurrasse em seu ouvido: "*deixa ir...*".

- Você está bem?

A pergunta do investigador Pascal a fez perceber que se encolhera atrás da escrivaninha, como se quisesse escoar-se para o vão das tábuas do chão e fugir, pra não lidar com aquilo.

Pascal, experiente e tentando ser cavalheiro (como os de outro tempo, outra época, que jamais constrangiam as damas), disse suavemente:

- Doutora, desculpe o inconveniente da hora. Sua secretária bem avisou que já estavam encerrando o expediente do consultório. Eu fui precipitado. Podemos falar amanhã, pela manhã, sem o cansaço do dia.

Fátima levantou-se de um salto, fechou o livro sobre a escrivaninha, apoiou as duas mãos na beirada do móvel, mirou seus infinitos olhos azuis num ponto fixo em cada uma das pupilas de Pascal e disse com convicção:

- Pobreza e opulência. Rancor. A vítima era abastada e a morte foi teatral. Confere?

Pascal hesitou. Não a havia procurado para envolvê-la nos detalhes dos assassinatos, mas para descartar de uma vez por todas o diabo do bilhete, que Bern insistia em deslocar do contexto.

Mas aqueles olhos azuis emoldurados pelo negro cabelo Chanel interferiram. Pascal andava muito vulnerável a mulheres bonitas.

- Senhora, sua análi...

- Doutora. Fique no "doutora". "Senhora" me irrita.

- Claro. Desculpe - constrangeu-se Pascal. *Droga!* - pensou.

Sentiu que à tarde pareceu um babaca com a jovem Stéphane. Agora parecia um moleque intimidado pela figura enigmática da doutora.

Estou sozinho há tempo demais... enferrujei...

- Veio a mim por minhas teses sobre a psicologia subliminar dos poemas, não é? Seu bilhete diz: "*Com o corpo em tênue balanço o grande poeta apreende sua maior lição.*" - repetiu ela enfaticamente, lendo o pequeno pedaço de papel.

- É muito óbvio: Carlos Drummond de Andrade é o grande poeta; Corpo é um de seus livros de poesia; Balanço é um poema deste livro que, com a contraposição de dois extremos, pobreza e opulência, deixa ululante, mas não-dito, o mais daninho dos sentimentos humanos: inveja.

Surpreso com a rapidez com que a doutora interpretara o bilhete, e ao mesmo tempo satisfeito por ter tomado a decisão de procurá-la, Pascal arriscou pegar mais um petisco:

- E qual seria a lição aprendida pelo poeta?

Fátima fechou a cara. Os dedos começaram a se cutucar novamente. Pascal percebeu, mas disfarçou. Um pesar envolveu o ambiente e ela respondeu devagar, escondendo as mãos nos bolsos do seu casaco branco:

- Lição é outro poema do livro Corpo. E ele não a "aprende", pois isso significaria apenas reter as palavras na memória. Ele a "apreende", ou seja, ele a assimila. Interioriza-a. A lição torna-se parte dele. - Em tom solene, a doutora declama:

Tarde, a vida me ensina

esta lição discreta:

a ode cristalina

é a que se faz sem poeta

- Só isso? - deixou escapar Pascal.

- Isso é mais do que a imensa maioria das pessoas jamais escreverá numa vida inteira - resmungou Fátima, tentando relevar a falta de apreço de Pascal pela arte da poesia.

- Ficou incomodada quando perguntei sobre a lição - insinuou ele.

- Impressão sua - rebateu ela.

Ali tinha coisa. Pascal sentiu a tensão. Insistiu.

- O que tem nesse poema?

- Morte - sussurrou ela entredentes.

- Me ajude, doutora, sou mesmo um ignorante! Onde há morte nisso?

- Sabe o que é uma "ode"?

- Arrisco dizer que é um hino.

- Pode ser dito assim. Mas aqui ele se refere ao poema lírico, cantado em tom alegre e entusiástico. E que só pode ser feito "sem poeta".

- Não entendi.

- *"A obra de arte é o resultado feliz de uma angústia contínua."* - recitou Fátima. - Poetas têm a alma amargurada, é um pré-requisito; um poeta é um sofredor.

Fátima ficou observando Pascal retorcer a cara e, já prevendo o que ele ia dizer, antecipou-se:

- Uma ode reivindica empolgação, exaltação, alegria. Por mais que escrevam obras belas, os poetas sempre deixam expostas suas dores, como rachaduras inevitáveis. Então, para a "ode cristalina" existir, o poeta...

- ... tem que morrer! - exclamou o investigador, interrompendo.

- Você entendeu. Até que não estou surpresa.

Pascal derreteu. Ela continuou:

- O poeta nunca verá a ode cristalina. É sua maldição. A felicidade só pode existir se a tristeza deixar de existir. Jamais poderão coexistir, sob a pena de uma das duas ser falsa.

"Não se pode rir querendo chorar. O poeta não pode ser hipócrita."

- E onde encaixamos a inveja no contexto? - indagou um Pascal confuso.

No bolso esquerdo do casaco branco da doutora surgira uma pequena mancha vermelha. Ele notou. Os dedos dela haviam começado a sangrar.

Quando chegou, disse-me que havia encontrado um bilhete no bolso da camisa de uma vítima, e que temia que mais vidas estivessem em perigo se não descobrisse a razão daquilo. Apesar de não ter me fornecido mais nenhum detalhe, aceitei dar uma olhada porque, sinceramente, não achei que fosse ver tão claramente a mensagem.

"Confesso que esperava despachá-lo rapidamente com um "não tem lógica nenhuma" ou "preciso analisar melhor". Mas, para o bem ou para o mal, as palavras simplesmente cuspiram na minha cara.

"Seu assassino ressente-se da vítima ter exibido algo que ele, ou nunca teve, ou teve e perdeu. Ele foi atraído por inveja da vítima, isso está evidente. Mas não acho que tenha matado só por isso.

"Há algo mais subcutâneo: a hipocrisia, proibida para o poeta. Acho que a ostentação da vítima era falsa, apenas uma fachada. Ele simplesmente corrigiu essa incongruência. A ode não era cristalina."

Um Pascal atordoado e relutante, alegando respeito ao visível cansaço da doutora, despediu-se educadamente.

O fez mesmo mais por causa da necessidade de organizar tudo aquilo na cabeça do que por um adiantado da hora qualquer (ficaria ali a noite toda para ouvi-la). Mas conseguira deixar a porta aberta para outro encontro.

Precisaria conversar novamente com ela. Isso adquirira status de "urgência" em sua mente.

Uau! Que mulher! Bendito maluco! Por causa dele estou conhecendo mulheres incríveis!

Um flash das cenas dos crimes atropelou seu entusiástico pensamento. E Pascal azedou.

* * *

Bern aguardava Pascal embaixo da marquise do prédio do morgue. Concordara, relutantemente, em ajuda-lo com as aberrações do caso. Olhando a rua, evitava pensar naqueles cadáveres.

Não era nojento, nunca fora. Quando criança brincava de dissecar lagartixas, injetando xilocaína nelas. Cadáveres não incomodavam. Pelo menos não os "normais", com as características que se esperam deles: rigor mortis, ausência de membros, lacerações diversas, putrefação.

Mas os cadáveres das vítimas do assassino que Pascal investigava tinham requintes perversos. E requintes perversos recheavam seus pesadelos. Bern sabia por quê: são coisa de dementes. E dementes são irritantemente meticulosos... Bern detestava casos com dementes.

Saco! Não devia ter me metido nisso!

- Por que tá aqui fora, Bern? - perguntou Pascal chegando apressado.

- Tomando um ar, oras.

- Ar ou fumaça cuspida por pulmões podres...? - espetou Pascal, inclinando a cabeça para trás e esticando o queixo em direção ao grupo de fumantes apinhados próximos à porta automática de acesso ao saguão do edifício.

- Fazer o quê? Tenho que respirar, né? E essas pragas fazem rodinhas em tudo que é entrada de prédio. Eu já nem ligo mais... e ficar na sala de autópsia com aquelas coisas tava me dando nos nervos - confessou Bernardo.

- Vamos entrando. Obrigado por ter vindo, preciso realmente da sua ajuda. Esse caso tá cada vez mais estranho. Fui ver a doutora. Consegui falar com ela ontem mesmo.

- E...???

- Ela é intimidante e frágil ao mesmo tempo. Senti uma aura, sei lá, de sofisticação, superioridade... mas não de um jeito arrogante, sabe? - observou Pascal, fazendo um gesto com a mão direita e esfregando os dedos no dedão. - E realmente é linda!

- Sei. É o que faz dela alguém fora do seu alcance, Don Juan - advertiu Bern, já percebendo as intenções do colega. - Eu a conheço há muito tempo. Ela disfarça - continuou -, mas é uma pessoa muito sensível. Não vá pisar na bola, hein?! Mas agora quero mesmo é saber do bilhete.

- Surreal! Sensível ou não, a mulher é foda! Descascou tudo de primeira! - disse Pascal, empolgado. - Eu estava certo, o bilhete é a chave.

Depois te conto. Vamos ver o que o doutor tem pra nós.

Pascal empurrou a pesada porta do laboratório do necrotério e os investigadores adentraram ao sórdido mundo da mais inexorável das realidades.

- São todas *Krait*, Pascal! - anunciou em alto e bom som o legista Karl, ao ver a dupla. - *Bungarus multicinctus*, para ser mais exato.

- Esclareça Karl, por favor - disse o investigador aproximando-se do corpo estendido na indefectível mesa inoxidável de necropsia.

O médico juntou-se a ele ao redor da mesa.

- Este é o último membro analisado, da última família assassinada. Quer dizer... a família mais recente... afinal, não sabemos se tem mais, não é? - A pergunta ficou pendurada pelos pentelhos e, como ninguém a salvou, o doutor continuou:

- Ela, assim como as matriarcas das outras três famílias, também sofreu bastante - observou o Dr. Karl.

Bern achegou-se receosamente. A visão de uma serpente com bandas preto-azuladas, saindo da boca do cadáver e entrando na cavidade ocular esquerda foi direto, sem escalas, para a área do seu cérebro onde são impressas, nos tecidos, as imagens que Alzheimer algum jamais apagará.

Que bosta! Vou ter pesadelos por toda a eternidade!

- Os adolescentes e os maridos tiveram sua cota de pavor, é claro, mas o toque mais perverso, e a meu ver mais angustiante, foi privilégio delas.

Karl tinha o semblante extasiado, quase salivante. Deduzir que havia certo prazer mórbido em seu relato não seria de todo errado.

Difícil era entender as motivações que haviam levado um homem alto, de porte atlético, loiro, rosto bem desenhado, olhos verdes, inteligente e bem nascido a tornar-se um legista. Ninguém entendia o que ele estava fazendo ali, num necrotério. Estava mais para cirurgião plástico. Ele destoava do lugar.

- O que o assassino fez com as matriarcas que não fez com os outros, além, é óbvio, de ter enfiado esses bichos na cara delas? - perguntou Pascal.

- Meu caro, primeiro é preciso que saibam um pouco sobre estas belíssimas (se é que se pode atribuir tal adjetivo a tal animal) cobras - disse o médico puxando a cabeça do exemplar da cavidade ocular da mulher que, ao sair, fez um barulho parecido com o de uma rolha retirada desajeitadamente de uma garrafa de vinho: ploc!

- Cadê o olho dela, Karl!? - perguntaram em uníssono os detetives.

- Provavelmente está no estômago, como os das outras.

Bern já estava agachado, com a cabeça no meio das pernas, tentando manter seu café da manhã no lugar. Pascal, que não tinha comido ainda, pois sabia que passaria mal se o fizesse, agradeceu pela experiência tê-lo salvo desta vez.

- Estas belezuras não são serpentes quaisquer - continuou o doutor, retirando o rabo da cobra da garganta do cadáver. - A proteína neurotóxica presente no seu veneno se liga irreversivelmente (frise-se) aos receptores da junção neuromuscular, ou seja, o corpo da vítima vai sendo paralisado até que a vítima não consiga mais respirar e morra de asfixia, embora o cérebro permaneça consciente, assistindo a tudo...

"O veneno é tão letal que muitas das vítimas morrem mesmo depois de receberem o antídoto. Irreversível, como eu disse."

- Karl, sempre achei que isso fosse coisa inventada por Hollywood! - disse Pascal surpreso.

- Quem dera... Pra você entender a letalidade desse bicho, os maridos e os filhos foram paralisados por exemplares muito jovens, bem pequenos mesmo, eu diria que do tamanho de minhocas. Tive muita dificuldade para identificar as minúsculas picadas, estavam quase imperceptíveis. Eles provavelmente nem sentiram.

"Porém as picadas não são do mesmo tamanho, o que indica que foram feitas por indivíduos diferentes. Se não errei, são três.

"E estão sendo preservados pelo assassino, visto que os mesmos indivíduos fizeram o serviço em todas as casas e, pasmem, também foram usados para matar os espécimes adultos, pois estes apresentam micro perfurações em seus corpos.

"Isso permitiu que o assassino manipulasse as serpentes maiores para criar sua medonha "instalação"." - disse o médico, gesticulando.

- Esses monstrinhos também podem ser canibais, daí a eficiência do veneno de umas nas outras - observou.

Então calou, levantou o olhar e informou em tom de advertência:

- Saibam que um bebê dessa espécie protagonizou uma das histórias mais surreais do mundo da Herpetologia.

Diante dos olhos vidrados de Pascal e Bernardo, o doutor entendeu que tinha uma plateia. Pegou na gaveta de sua escrivaninha um recorte de jornal, cujo texto reproduzia uma matéria do The New York Times, com um artigo de Robert Sullivan de 30 de dezembro de 2001 e pôs-se a narrar a história de forma dramática:

"Era cedo no quinto dia - em 11 de setembro, na verdade - quando Slowinski foi mordido. Eles estavam no fundo de um vale da selva cheio de nevoeiro. Slowinski enfiara a mão numa sacola de amostras que um dos assistentes de campo birmaneses lhe trouxera.

"Ainda há confusão sobre quem disse o quê da cobra na sacola, mas depois da mordida, Slowinski disse: "Eu fui mordido por um krait". Era um krait juvenil, com cerca de um pé de comprimento, em faixas, bonito, e quando todos olharam para a mão de Slowinski, eles nem conseguiam ver onde ela havia penetrado. Slowinski esperou por sintomas.

"Ele tomou café da manhã com a equipe; ele até brincou: "Minha pele está grossa", ele disse. Mas depois, ele começou a sentir um formigamento, e foi quando ele soube. Ele reuniu a equipe e descreveu o que aconteceria com seu corpo.

"Ele lhes disse que, embora seu cérebro continuasse a funcionar, enquanto estivesse ciente de tudo o que estava acontecendo ao seu redor, seu corpo começaria a se desligar. As neurotoxinas do veneno causariam paralisia. Ele lhes disse que teriam que respirar por ele se ele sobrevivesse à mordida; após 48 horas, seus pulmões poderiam tentar recomeçar. Ele explicou tudo. Sua cabeça começou a cair. Seus olhos começaram a fechar e o diafragma parou de funcionar.

"As duas mulheres da equipe fizeram boca a boca. Ele parou de falar e sinalizava para a equipe mexendo as mãos ou os pés: uma vez para sim, duas vezes para não. Quando um membro masculino da equipe tentou aliviar as duas cientistas,

ele sinalizou que não – uma brincadeira que surpreendeu a todos e lhes deu esperança. Mas, finalmente, as mulheres estavam exaustas e Slowinski não conseguiu mais sinalizar. Os homens birmaneses ajudaram a respirar por seu mentor.

"Enquanto isso, dois membros da expedição foram até um posto militar a vários quilômetros de distância. Os militares de Mianmar tentaram pilotar um helicóptero no acampamento, mas os pilotos voltaram por causa da chuva e da névoa. Na manhã seguinte, Slowinski ainda estava vivo, mas à tarde, quando os pilotos finalmente encontraram uma maneira de pousar o helicóptero, ele se foi."

Tudo ficou quieto no morgue. Após a narrativa, Pascal e Bernardo experimentaram uma espécie de transe letárgico; pareceu que a perplexidade que sentiam era tanta que a realidade lhes escapara por um momento.

- Fala que isso é ficção, por favor!

- Não, Bern, não é. Isso aconteceu mesmo com o biólogo Joe Slowinski, herpetologista da Academia de Ciências da Califórnia, um especialista em cobras venenosas da Ásia. Ele viajou de São Francisco para a Alta Birmânia - Mianmar, se preferir -, para estudar répteis, com uma equipe de cientistas.

- Karl, me explica, porque eu não entendo: como um especialista mete a mão num saco com esses demônios? - exaltou-se Pascal, inconformado, interrompendo o doutor.

- *Dinodon septentrionalis*. É uma espécie não-venenosa, inofensiva, mas imita tão bem uma *krait* assassina que até mesmo um especialista precisaria fazer um exame minucioso para diferenciá-la.

"Ao que parece, os assistentes birmaneses do Joe acharam que os exemplares que haviam coletado eram apenas as fofinhas Dinodons, com míseros 25 centímetros... "

Pascal precisou sentar-se. Puxou a cadeira da escrivaninha do doutor e acotovelou-se no móvel, com a cabeça abaixada. Depois de um tempo, falou com pesar:

- Karl, meu amigo, esse teatro todo que o assassino armou, faz algum sentido pra você? O que significa uma cobra adulta saindo da boca de uma pessoa e entrando em seu olho? Por que fazer cada uma das matriarcas engolir seu próprio olho arrancado? Por que os maridos e os filhos só foram submetidos às picadas e não foram violados? E por que não foi usada a mesma cobra adulta para eles? Qual é a simbologia de tudo isso? O que se passa na cabeça desse demente?!!!!

- Acho que maridos e filhos foram colocados na condição de espectadores - antecipou-se Bernardo. - Paralisados pelo veneno, mas conscientes, tiveram que assistir impotentes o assassino torturar as matriarcas.

- Correto. Isso explicaria também o porquê das cobras jovens - interveio Karl. - As presas dos bebês são pequenas, não inoculam muito veneno. A letalidade é a mesma das cobras adultas, mas a menor quantidade faz com que a neurotoxina do veneno demore mais tempo para comprometer o corpo. É provável que as matriarcas, picadas pelos espécimes adultos, tenham morrido antes dos outros.

Pascal tentava raciocinar. Karl percebeu o desânimo do amigo e disse com convicção:

- As cobras são a sua melhor chance de pegar o assassino, Pascal. São endêmicas na Ásia, não aqui.

Pascal levantou-se de supetão, pegou Bern pelo braço e rumou para a saída, determinado a contatar todo e qualquer Instituto de Herpetologia que existisse no mundo.

Sem surpreender-se, Karl voltou-se para o cadáver da mulher, decidido a encontrar o olho no meio das vísceras.

Entretanto, antes de iniciar a incisão, contemplou demoradamente aquele rosto desfigurado, não conseguindo evitar um pensamento totalmente inadequado para a circunstância:

Mulher, a cobra fez estrago, mas quem foi o filho da puta cirurgião plástico que destruiu seus lábios? Você não tinha espelho em casa?...

* * *

Compenetrado, Sam olhava a magnífica pintura de paisagem à sua frente, atraído pela imagem majestosa do imenso carvalho que, na francesa Flagey de 1864, posara despudoradamente para Gustave Courbet.

Tentou imaginar aquele longínquo começo de tarde, a luz perfeita borrifada entre os galhos elegantes da árvore milenar, os cachorros correndo em brincadeiras só suas, os pássaros segurando no campo da fazenda a paz tão fugidia.

Fechou os olhos e submergiu em sua mente, atravessando as molduras douradas da tela e tornando-se imune ao confinamento das frias paredes do Museu Courbet.

Emergiu no caleidoscópico jardim de sua infância, no exato momento em que dava seu primeiro salto de cima de um galho, em direção ao abraço seguro e amoroso de seu pai.

Sentiu seus olhos transbordarem de saudade e uma expressão serena começou a entalhar-se em sua face de granito...

- Uma pena, não é?

Imediatamente a rocha dura reassumiu seu lugar no rosto de Sam, que abriu suas pálpebras como se elevasse dois portões medievais.

- Ah... Desculpe meu filho, eu atrapalhei seu momento de admiração pelo quadro, não é? Mil perdões, eu não tive a intenção.

As paredes do museu conclamaram o deus da realidade e os braços seguros e amorosos de seu pai sumiram de repente. Sam caiu de cabeça.

- Perdão, senhora. Falou comigo? - disse desconcertado, ainda entorpecido.

Uma idosa muito bem vestida fitava-o, como que esperando uma absolvição.

- O quadro, meu filho. Notei que você estava tão envolvido que julguei que quisesse conversar sobre ele. Eu sinto muito. Velhos são impertinentes às vezes. É a solidão.

- Não, não! Não foi impertinência nenhuma - corrigiu. - Eu fiquei um pouco distraído, é verdade. Me chamam de Sam - apresentou-se educadamente.

- Me chamam de Marie - replicou a idosa, meio que automaticamente, não atentando de fato para a insólita forma da apresentação. - Noventa e seis anos - continuou. - Prazer.

- Igualmente. A senhora é muito simpática. O que disse quando se dirigiu a mim?

- Eu disse que é uma pena.

- O quê é uma pena? - perguntou Sam, começando a achar que entrara numa furada e que iria ter que arrumar uma saída honrosa para encerrar a conversa e não magoar a simpática velhinha.

- O carvalho. Um raio o atingiu algumas décadas depois que o quadro foi pintado e não sobrevive mais. Eu tinha quatro anos quando me pendurei nos seus galhos pela última vez. Nasci em Ornans.

"Ainda bem que Gustave o eternizou. Achei que estava emocionado por isso."

As forças faltaram nas pernas de Sam, e ele sentiu-se gelado. Pediu licença à anciã e desapareceu de vista.

* * *

16:15. Stéphane terminara seu café e, para não ficar irritada com o atraso de Pascal, olhava fixamente para o fundo da xícara, tentando ver algum futuro. *Será que ele vai me "dar um bolo"?* - pensou ansiosa.

Talvez sugestionada pela gíria, fez sinal ao balconista da cafeteria: - Uma fatia de bolo de laranja e outro café, por favor.

- Dois - disse Pascal chegando por detrás da mesa e fazendo contato com o balconista, que aquiesceu.

- Costuma se atrasar em primeiros encontros? - alfinetou Stéphane, mas sem real intenção de constrangê-lo.

- Parece que pedir desculpas a você está se tornando uma rotina. Desculpe, meu atraso foi inevitável - disse ele, puxando uma cadeira e sentando-se, quase sem conseguir disfarçar um súbito entusiasmo: *"encontro"?*

Stéphane estava bonita. Uma beleza jovial, despojada, sem rococó. Seu cabelo curto repicado e os traços finos de seu rosto lhe davam um ar de rebeldia punk, mas sem a extravagância ingênua e tola daqueles pobres diabos. Um jeans *délavé* e uma camiseta "baby look" preta honravam a silhueta que o pijaminha já havia anunciado no início da tarde anterior.

- Quando me aproximei da cafeteria, vi você pela vitrine e tive a impressão de que estava absorta com algo. Pensei ser o celular, mas não o vejo. O quê era? - ciscou Pascal.

- Atendi à porta ontem de pijama e já com o celular na mão! Ficou parecendo que durmo agarrada nele. Me senti ridícula. Vou tentar me afastar daquilo, concluí que é um troço venenoso. Está jogado na minha bolsa. Eu estava praticando cafeomancia - respondeu ela finalmente, agora misteriosa.

- Quê isso? - perguntou ele, afastando-se um pouco da mesa para que o balconista, que chegara com o pedido, pudesse servi-los.

- É uma técnica usada para descobrir o futuro através da borra do café. Cafeomancia. Nunca ouviu falar? - perguntou e já emendou: - É simples: se as imagens da borra do café no fundo da xícara se formarem à esquerda da asa, é sinal de que está sofrendo influência do passado; à direita, está sob influência de fatos futuros.

- Tá! Aprendeu isso com sua avó, não é? - desdenhou Pascal, sem tato algum.

- Isso surgiu com os árabes e era usado pelas odaliscas dos antigos sultões. É como se fosse um oráculo, que ajuda no desenvolvimento da intuição. Mas intuição é território feminino. Homens são um muro quando se trata de sensibilidade.

Pascal sentiu o *uppercut* no queixo e tratou de remediar.

- Desculpe.

Como sou imbecil! Se tiver que me desculpar de novo com ela, juro que nunca mais a procuro...

- Me deixe começar de novo, por favor - disse Pascal olhando-a com sua melhor expressão de cachorro molhado. - Eu estou um pouco desorientado. O andamento do caso em que estou trabalhando está muito frustrante.

- Está tudo bem, não se cobre tanto - disse ela pegando um teco da fatia de bolo. - Seu atraso tem a ver com sua frustração?

- É, tem sim. Achei que tinha uma pista certeira, que me levaria a solucionar o caso, mas descobri que foi um tiro n'água.

- Por quê? - interessou-se Stéphane.

Pascal ficou inseguro e isso não passou despercebido. Ela notou e ele notou que ela notara.

Diabo de intuição feminina!

Diante do silêncio de Pascal, Stéphane se posicionou:

- Por que tem medo de falar sobre o caso? Não foi pra isso que me chamou? Pra que eu te ajudasse vendo fotos da "vida das famílias", como disse? - intimou ela.

- Olha, vamos combinar uma coisa. Antes, obrigado por me ajudar, você não tem essa obrigação. Eu realmente não quero te envolver em algo que vá te desestabilizar. Eu vou te mostrar algumas fotos e quero que me diga o que sente em relação a elas. Ok?

- Pascal - era a primeira vez que ela o chamava pelo nome, e ele arrepiou -, você - ele arrepiou de novo - não vai me desestabilizar. Sou enfermeira, lembra?

"Acho que nada mais no mundo me desestabiliza. Me passa as fotos." - disse, estendendo a mão esquerda e, com a direita, levando mais um teco de bolo à boca.

O detetive sacou um envelope do bolso e entregou a ela. Stéphane o pegou, enquanto esfregava os dedos da mão direita para limpar-se dos farelos do bolo. Tirou um punhado de fotos de dentro e começou a analisá-las.

À medida que ela ia virando as fotos, Pascal viu desaparecer do seu rosto a leveza típica de quem olha cenas de lazer, e começou a ver rugas, características de quem percebe algo muito errado diante de si.

– Minha nossa! Isso é um saco! Por que essa gente tem essa necessidade estúpida de se mostrar? Olha esta aqui! – ralhou ela, virando a foto para Pascal e apontado com o dedo indicador. – Estão no *Cirque du Soleil*, o equilibrista está claramente fazendo um número dificílimo e os patetas estão de costas, fazendo *selfie*!!!

"Isso é um imenso desrespeito para com o artista, mas não estão nem aí! É como se essas pessoas quisessem dizer pra todos: "olhem, estamos no *Cirque du Soleil*, um dos mais disputados espetáculos do mundo, e nem ligamos! Podemos voltar nessa "pocilga" quantas vezes quisermos, somos fodões!" Esse tipo de merda tem de monte no meu celular! É por essas e outras que estou me afastando dele. Não aguento mais ver isso."

Stéphane parou de falar e começou a olhar as fotos com impaciência, virando-as sobre a mesa desaforadamente. Quando acabou, juntou-as, fez um monte e ficou balançando-o na mão engordurada de bolo. Então, arejou-as e desabafou:

– Todas estas fotos têm um padrão: não são pessoas curtindo, são *blasées* se exibindo! – disse, recostando-se na cadeira e jogando as fotos na mesa com desprezo. – Eu reconheço um grupo de pessoas, provavelmente são os moradores da minha rua. Os outros, nunca vi.

"Não me espantaria se todos eles se conhecessem. Parecem ser da mesma laia: gente narcisa, egocêntrica. Semelhante atrai semelhante, não é?"

- Estão mortos, Stéphane. Todos.

O ar congelou. O crescente rancor de Stéphane ao ver aquelas fotos de ostentação disfarçadas de felicidade, momentaneamente a haviam feito se esquecer do motivo pelo qual estava ali: ajudar na investigação de assassinatos.

Ela ficou olhando detalhadamente para Pascal. Havia marcas da vida em seu rosto. Lembrou-se de que ele era um policial, e pensou em como a vida de um policial poderia ser pesada. Cercado pela escória humana todos os dias.

Todos os dias...

Sentiu admiração por ele e começou a entender os sentimentos que a inquietavam desde o dia anterior. E conseguiu ver o menino soterrado debaixo daquele surrado rosto de meia-idade.

Apaixonou-se ali, naquele instante. Um sentimento intenso e verdadeiro, em meio a fotos fúteis e falsas.

Finalmente, murmurou:

- Desculpe. Mesmo que pareçam desprezíveis, não acho que mereciam morrer. Por que me mostrou estas fotos? O que elas têm a ver com os assassinatos em si?

- Acho que tudo. Acho que podem ser a chave para entendermos as motivações do assassino. Você sentiu raiva deles, das vítimas? - perguntou Pascal serenamente.

- ... ... Senti - disse ela após hesitar um pouco. Soou como uma confissão. - Senti sim, não posso negar. Acho que estas fotos não despertam os melhores sentimentos nas pessoas.

- Temos quatro famílias assassinadas da mesma forma. Dezesseis pessoas. A única coisa em comum parece ser o fato de se exibirem na, se me permite usar o termo que acho mais adequado, "Bobolândia".

- "Bobolândia"? - Stéphane fez uma engraçada cara de interrogação.

Pascal sabia que isso amenizaria a tensão. Explicou:

- As Redes Sociais. São a "Bobolândia". A terra das bobagens.

"Vejo as pessoas deixarem de vivenciar a extasiante sensação proporcionada por um show ao vivo, para subtrair e distribuir uma paupérrima versão em vídeo para telinhas 14 x 7, esperando ganhar alguns cliques de estranhos.

"Abrem mão de toda a experiência sensorial, que ficaria impregnada em seus ossos para o resto de suas vidas, se não estivessem focadas em registrar tudo na porra do celular! Desculpe."

Droga!

- É patético. Stéphane - alertou Pascal -, é para ser "Rei" na "Bobolândia" que se ignora o artista de excelência de um *Cirque du Soleil* em troca dos vazios "likes" da multidão de zumbis.

"Estas quatro famílias eram as campeãs de "curtidas" e seguidores digitais."

Stéphane não riu. Disse melancolicamente:

- É a mais pura verdade, infelizmente. Acha que estas pessoas foram mortas por alguém que, como eu, ficou com raiva do que viu?

- Parece haver algo mais complexo que raiva no assassino. É por isso que pedi a você que olhasse estas imagens. Preciso da pureza da visão de alguém "de fora".

"As mortes não foram brutais, pelo menos não no sentido de violência extrema, mas foram teatrais; arrisco dizer que eles foram "punidos". Houve um terror psicológico.

"A grande pergunta me parece ser: o que você sentiu pode não ter sido somente raiva, mas também... inveja?" - sondou Pascal.

Stéphane ficou visivelmente incomodada com aquela palavra. Começou a afastar a cadeira da mesa, indicando que iria se levantar. Fez um gesto para o balconista dando a entender que "penduraria" a conta. Porém, parou de se mover por um instante, escorou-se na ponta da cadeira e perguntou hesitante:

- O que quer dizer com mortes "teatrais"?

Pascal cedeu e abandonou quaisquer pudores:

- O assassino deixou cada um dos cadáveres das matriarcas com uma cobra metida medonhamente na cara. O rabo foi enfiado na garganta e a cabeça em um dos olhos.

Ela ficou olhando para ele tensa, fazendo alguns movimentos mínimos com a cabeça, para cima e para baixo, quase imperceptíveis, como se estivesse construindo aquela imagem na memória.

- "*Todas as famílias felizes se parecem. Cada família infeliz é infeliz a seu próprio modo.*" - murmurou enfim, olhando absorta para o novo oráculo que a borra do café formava à esquerda da asa, no fundo de sua recém esvaziada xícara.

- Preciso ir - disse de repente, ignorando a cara de frustração de Pascal. - Se puder, venha aqui amanhã, no mesmo horário.

* * *

- O Sr. Bernardo, investigador, está aqui na recepção e deixou um número de celular. Mas insistiu que é um amigo e que precisa falar-lhe um instante, se for possível - disse a secretária Ângela à doutora no interfone.

- Bern está aqui?! - surpreendeu-se Fátima, sem disfarçar o entusiasmo. - Diga a ele para entrar, por favor. - De repente, a doutora hesitou. - Hãmm... Ângela, o último cliente já chegou?

- Já, sim, doutora. Está aqui na recepção.

- Tudo bem, ainda tenho alguns minutos. Traga o Bern aqui, faz tempo que não o vejo, ele é mesmo um grande amigo.

Ângela sorriu, entregou um lindo cartão de visitas do consultório a ele e disse: - Ela vai recebê-lo. Por aqui, eu o acompanho - e seguiu por um corredor largo e comprido, com paredes pintadas num tom suave de salmão, iluminado por claraboias e decorado com muitos vasos floridos.

Se a intenção é ir relaxando o paciente, depois deste corredor, com certeza eles vão dormir no divã...

Bern sempre ironizava tudo.

- Não tenho divã, senhor Bernardo, sou junguiana, não freudiana - disse Fátima, abrindo os braços para abraçá-lo.

- Mas eu não disse nada!

- Mas pensou, eu sei. - Fátima pegou-o pelo braço e o puxou para dentro da sala, agradecendo Ângela e fechando a porta.

Incrível! Ainda vou descobrir como ela faz isso... Ela não mudou nada! - pensou Bern, com uma ponta de saudade.

- Então, o que o traz aqui depois de tantos anos, meu amigo? - Ela estava descontraída, quase feliz. Sentou-se em sua confortável poltrona e indicou a Bern a poltrona à sua frente.

- Faz mesmo muito tempo, né? Uns 20 anos! Mas você, hein?!... Olha só! Você está ótima! - disse o investigador fazendo um gesto com a mão e sentando-se.

- Obrigada. Você também. Ao que parece, a corporação não te judiou muito. Talvez tenha judiado um pouco mais de seu amigo...

- Pascal passou por um longo e destruidor divórcio, Fátima. Podemos creditar à Polícia algumas daquelas rugas, mas nem todas. Eu o enviei a você e agora estou curioso demais pra esperar que ele me explique o lance do bilhete.

- Por quê?

- Porque aquele bilhete destoa, não acho que tenha ligação com o caso.

- Bom, ele não me deu detalhes, mas quando li o bilhete vi as conexões quase que imediatamente. Por que acha que o bilhete não tem a ver com o caso?

- Qual a característica mais marcante que você atribuiria a um *serial killer*?

Ao ouvir a expressão, a leveza deixou o rosto de Fátima e seus dedos começaram a se estranhar em sua mão esquerda.

- *Serial killer*? Seu amigo não me disse que havia outras vítimas, mas que queria evitar que houvesse - disse a doutora olhando para o chão de tábuas de seu belo consultório. - Enfim... - fez uma breve pausa - eu diria que assassinos em série são metódicos. Tendem a seguir rituais elaborados e minuciosos.

- Eu te adoro! - disse Bern, num tom empolgado demais para o contexto. - Isso é exatamente o que eu disse pro Pascal.

- Quantas vítimas, Bern?

Os dedos da mão esquerda da doutora haviam partido para a ignorância entre si. Bernardo percebeu que apertara o botão que acionava seu antigo "T.O.C.". Isto também não havia mudado nela. Mas era tarde para consertar. Teria que remediar...

- Quatro famílias. Dezesseis pessoas. Até agora... - disse ele, inclinando-se para frente e pousando suavemente sua mão direita sobre a mão esquerda dela, que estava apoiada no joelho, cessando o caos que ameaçava extrapolar para a outra mão.

Ela serenou.

Exatamente como há vinte anos, quando sua querida avó estava sendo sepultada e, em meio a um caos emocional, ela o ouvira sussurrar tranquilamente em seu ouvido: *deixa ir...*

Eles teriam dado um belo casal.

Mas a vida não quis.

- Inveja - disse ela em tom neutro. - O bilhete indica alguém agindo, a princípio, por inveja.

Bern recostou-se, admirou a beleza da doutora pelo tempo necessário para escolher algumas palavras e, sem surpresa, decidiu-se por um leve tom de ironia:

- Não existem bilhetes nas outras vítimas, só havia em uma, no bolso de uma camisa azul. Exceto por isso, nosso demente repetiu tudo em todas as cenas. Temos um *serial killer* distraído?

Ela esboçou um sorriso.

- É pouco provável.

Bern olhou-a ternamente e viu que estava fragilizada. Desistiu de despejar os detalhes do caso e despediu-se.

Inveja... - pensou enquanto caminhava pelo lindo corredor - *pode haver algo aí... não está fora do contexto... realmente, não está. Pode ser que a família da vítima com o bilhete tenha alguma particularidade que as outras não tenham. Não custa nada dar mais uma olhada naquela casa...*

Bernardo estava absorto em suas divagações, mas não deixou de notar que Ângela conduzia pelo corredor, em direção ao consultório da doutora, um homem de meia idade, bem vestido, com um rosto marcante.

- Sr. Sam, pode entrar.

* * *

Bernardo chegou ao gabinete de Pascal e encontrou-o liquefeito sobre a escrivaninha.

- Que cara é essa? Você não foi se encontrar com "o pijaminha mais sexy do planeta"?

- Fui. E cheguei atrasado - resmungou Pascal.

- Depois de ligar para os três primeiros centros de Herpetologia eu já havia percebido que era furada. Não sei por que você insistiu em ficar aqui ligando praquele monte de lugares. Eu fui ver a doutora...

Pascal solidificou.

- Foi o Karl que disse que as serpentes eram a melhor pista, não é? Temos que avisá-lo que há, literalmente, milhares de imprecisos registros de entrada de animais "exóticos" no país, quase impossíveis de seguir...

"Um cara escreve "cobra" no formulário e acha que descreveu o animal..." - rodeou Pascal, para em seguida ir ao ponto que queria: - Por que foi ver a doutora?

- O bilhete continua estranho. Mas ela falou em inveja por parte do assassino, o que faz sentido.

- Era só ter me perguntado. Eu disse que te contaria - resmungou Pascal de novo.

- Estou sentindo cheiro de ciúmes? Qual é, Pascal? Fica com o "pijaminha" que tá bom demais pra quem tá largado esse tempo todo. Mais vale uma teta na mão que duas no sutiã. Não seja guloso.

"E Fátima é minha amiga de longa data. Estudamos juntos. Eu quase fui psicólogo, sabia? Mas aí, entrei para o departamento e o resto é história..."

- Verdade? Eu não sabia. Veja: trabalhamos juntos há tanto tempo e você nunca me falou essas coisas. Você zoa tudo, mas quando o assunto fica sério, você vira um bagre ensaboado. E, só pra constar, foi o senhor que me fez ir até ela: *"... não vai ser perda de tempo, ela é muito gata..."*, lembra?

- Chega de falar de mim, você vai estragar os mistérios da minha autobiografia. Progrediu com o "pijaminha"?

- Stéphane!

- Progrediu com a Stéphane?

- Está confuso. Ela reconheceu a família do 5.055, na rua dela. Disse que sentiu raiva ao ver as fotos. Quando perguntei se chegou a invejá-los, ela foi embora. Mas me disse pra encontrá-la amanhã, no mesmo horário, na mesma cafeteria, no quarteirão detrás do Hospital Central.

- Pra quê? Pelo jeito, ela não vai acrescentar mais nada para o caso.

- Vai acrescentar pra mim, Bern... pra mim.

Pascal levantou-se, pegou seu estimado paletó de sarja preto, apagou a luz e saiu, deixando Bernardo no escuro, pensativo.

Com a silhueta iluminada apenas pela lâmpada do corredor, Bern fazia sombra nas fotos das famílias "Doriana".

"Até bem pouco tempo atrás eram soberanas na "Bobolândia"... agora pendem num painel de parede de delegacia... e ninguém sentiu falta. Que ironia..."

* * *

Sam olhava para Fátima, enquanto ela se ajeitava na fofa poltrona.

- Estive na Suíça recentemente, e dei uma esticada até a França - disse ele, assim que a doutora fez contato visual, indicando que estava pronta para começar a sessão de terapia. - Fui até Ornans, visitar o museu Courbet.

- Sabe que eu gostaria disso. Aprecio Gustave. Adoraria ver "*L'Origine du monde*" de perto.

- Eu também - disse Sam com um ar de contida superioridade. - Mas ele está no Museu de Orsay. Não tive tempo de ir à Paris. Vi "*Le Chêne de Flagey*". Magnífico.

Fátima percebeu uma oportunidade de cutucar um dos pontos mais sensíveis da intrincada persona de Sam, que ela vinha notando emergir com mais frequência nas últimas sessões.

- Terá que perdoar minha in-ve-ja! Você está provocando... - disse a doutora, observando a reação do esquivo paciente. - O quadro do grande carvalho é realmente tão impressionante assim?

Sam se reajeitou tensamente na poltrona. Ela notou a súbita tensão, mas não demonstrou tê-lo feito.

- Por que tudo que é feliz acaba por desaparecer? - disse ele de forma amargurada.

- É uma conclusão ou uma dúvida, Sam?

Ele percebeu a estratégia da doutora e reempacotou a carga emocional que quase entregara. Mas não lacrou direito e acabou vazando:

- O milenar carvalho imortalizado por Gustave está morto, é apenas tinta na tela agora. Uma senhora que estava no museu fez o favor de destruí-lo em minha mente. Eu não precisava saber disso. As pessoas falam demais. Carvalhos têm um lugar especial em minhas lembranças...

Finalmente, ele vai falar de lembranças! - pensou euforicamente Fátima, mas sem mover um cílio sequer.

- Havia um grande carvalho, do tipo *Roble,* nos arredores da nossa casa. Estava dentro dos limites da propriedade, um pequeno sítio. Quando diziam ao papai que "tínhamos" um belo carvalho, papai os chamava de imbecis:

"Ninguém "tem" um carvalho. Não seremos mais que pó em alguns anos, mas ele estará aqui, nos usando como adubo. O carvalho é que nos tem."

"Papai era incrível, a pessoa mais feliz que já vi. Amava a terra, mamãe e eu. Minha infância foi espetacular..."

Os olhos de Sam marejaram, mas ele continuou:

- Apesar de ser da terra, papai não era ignorante. Longe disso. Lia bastante. Com certeza herdei dele meu apreço pela literatura e pela arte. Tinha gostos que se poderia classificar como sofisticados, apesar de seus hábitos simples. Adorava nos reunir no quintal à noite, olhar para o cosmos e falar de uma de suas paixões, a Astronomia, que sempre fazia questão de qualificar como "a ciência da humildade":

"Sam, quando você se deparar com a compreensão do quão imenso é o universo, você entenderá o tanto que nós somos minúsculos. Isso te libertará. E mudará sua vida."

Fechando os olhos, Sam continuou.

- Mas - e parece sempre haver um "mas", não é? -, como disse o genial rapaz latino-americano em sua canção mais lírica, que por ser precisa eu aprecio muito...:

"Era uma vez, um cara do interior... que vida boa... água fresca e tudo mais... rádio e notícia de terra civilizada entram no ar da passarada... e adeus paz...".

O momento foi estranho. Fátima ficou imóvel observando aquele homem inteligente, erudito, sensível até, mas de rosto duro e feições austeras, incompatíveis com seus 40 anos, cantarolar Belchior como se estivesse dando uma "palinha" para os amigos.

Sam reabriu os olhos, que agora estavam agressivamente vermelhos, a ponto de provocarem o enrijecimento de todo o corpo da doutora na poltrona, e disse com ódio na voz.

- Hoje eu compreendo. Quando aquilo chegou, alastrando-se por todo lugar e seduzindo a todos com uma rapidez impressionante, ficou evidente que minha mãe estava condenada.

"Em termos de caráter e moral, meu pai era um gigante, e permaneceu imune àquela coisa corrosiva. Mas minha mãe se mostrou uma anã. Não havia o que ele pudesse fazer para salvá-la. Ela foi embora, atrás da ilusão. Afundou-se na iniquidade e morreu pelo veneno que cultivou.

"Mas isso não bastou para a Megera. A Megera... maldita... a Megera é implacável! Para punir por toda eternidade, reivindicou meu pai, matando-o com o mesmo veneno, certamente por causa do estigma que carrego. Hoje eu compreendo."

Fátima assustou-se. Seu paciente estava transtornado. Nem parecia mais a pessoa educada e culta que há alguns meses a procurara para aliviar "angústias sufocantes", e pela qual ela passara a nutrir certa afeição. Tentou reconectar.

- Ainda visita o sítio?

- Não há mais sítio.

- Como assim?

- Não há mais carvalho.

- Sam, eu não entendo.

- Éramos muito felizes. Mas aquela que deveria ser nossa matriarca foi apodrecendo a ponto de achar que tudo o que tínhamos era nada! NADA! - berrou.

- Depois que minha mãe partiu, papai murchou. A felicidade naquele lugar não era cristalina. Quando ele morreu, eu coloquei fogo em tudo.

Enquanto Fátima tentava arrumar sua cara de perplexidade, Sam levantou-se e saiu.

* * *

Rua Redenção, número 5.055. Bernardo tirou o lacre da Polícia, que bloqueava a abertura do imenso portão de acesso ao pátio da mansão, e caminhou até o hall. Ficou observando por um tempo aquele templo dedicado à ostentação. O lustre que pendia do teto, todo emoldurado, era imenso, com, certamente, mais de 400 lâmpadas.

Ridículo.

Seu pensamento se repetia, à medida que andava pelo imóvel.

Que gente cafona!

Resolveu vasculhar os jardins, já que tudo o mais já fora esmiuçado obsessivamente por Pascal, por causa do bilhete.

O sol começava aquecer o dia e as últimas gotas de orvalho evaporavam, formando pequeninos arco-íris nas flores e nos gramados. Bernardo admirou-se com o momento.

A coisa mais linda desta casa é o gramado. Mas não postavam fotos dele...

De repente, um dragão barbudo, com cerca de meio metro, saiu em disparada debaixo de um robusto arbusto de ixora amarela e pôs à prova a condição cardíaca de Bern.

- PUTA QUE PARIU!

O exótico animal deu a volta no gramado e embrenhou-se novamente no arbusto de onde saíra, o que fez com que o investigador, automaticamente, fosse averiguar.

Bern agachou-se cautelosamente, olhou por entre a folhagem e viu o bicho se enfiar no que parecia ser um saco de algodão cru.

Pegou um galho seco que estava próximo e cutucou o saco, desalojando o réptil. Com a ponta do galho, arrastou o saco até alcançá-lo.

Limpou a terra com as mãos e, apertando as vistas, conseguiu ler:

"Megera"

* * *

14:00. Pascal forçava seus olhos, que teimavam em não abrir. Sentia-se exausto, como se algo estivesse drenando sua energia, esgotando-o. Não queria sair da cama. Já se sentira assim antes.

Divórcios fazem isso. - Teve um *"déjà vu"* e reafirmou para si: *Não vou cumprimentar a "Senhora Depressão" de novo... Nunca mais...*

Ao ver a hora, envergonhou-se novamente do julgamento que fizera da enfermeira Stéphane, quando a incomodou em seu descanso.

Morda a língua, seu imbecil! - sentenciou-se.

Pascal escorreu para fora da cama sem nenhum entusiasmo e foi tomar banho.

Bern jogara água fria nas suas pretensões com a psicóloga Fátima, e sua empolgação com Stéphane fora parar na gaveta depois que ela o deixara "a ver navios" na cafeteria. Antes de ir embora, só lhe restara conferir a borra do café no fundo de sua xícara. Estava à direita, mas ele não conseguia lembrar o que isso significava.

Ela falou qualquer coisa sobre influência de passado e futuro. Mas qual é qual, mesmo?

Depois de uma ducha revigorante, que lavou Pascal das energias daninhas que estavam prestes a transformá-lo num paquiderme, ele recuperou sua plasticidade.

Stéphane não foi embora daquele jeito por minha causa. É esse maldito caso! Vou esperá-la na cafeteria. E vou dizer que gostaria de conversar só amenidades, como se deve fazer em "primeiros encontros". Não vou aborrecê-la com meus problemas. Só espero que ela me dê uma segunda chance...

O balconista da cafeteria reconheceu Pascal quando ele chegou, e o conduziu à mesma mesa do dia anterior.

- Um café? - perguntou o moço educadamente, interpretando como positivo um protocolar aceno de cabeça e um discreto sorriso por parte de Pascal.

Enquanto esperava (estava uns 15 minutos adiantado), tirou o celular do bolso interno de seu paletó e viu que havia um monte de ligações e mensagens de Bern.

O celular de Pascal sempre ficava no modo "silencioso", sem vibrar. Sempre. Ele odiava ter que carregar aquilo. *Diabo de cabresto!* Quando ia retornar, ela chegou. Ele imediatamente guardou o aparelho, levantou-se e puxou-lhe a cadeira.

- Obrigada - agradeceu a moça, colocando em cima da mesa um volumoso livro de capa dura, que Pascal notou ser ricamente trabalhado.

- Preciso dizer: você está muito bem. Fiquei preocupado. Acho que cometi um erro e quero me desculpar... Mais uma vez...

Droga, droga, droga! Seu burro apressado!

Ela riu gostosamente.

- Não cometeu não. Na verdade, pra variar um pouco - disse ela sorrindo e se inclinando na direção dele -, eu é que lhe devo desculpas.

- Por quê?

- Por duas razões: primeira, por ter ido embora daquela maneira, de supetão; segunda, por ter mentido pra você. Vou explicar ambas. Espero que me entenda e me perdoe - disse ela virando-se para o balconista e abanando a mão, gesto igualmente válido entre eles para cumprimento e pedido de café.

Pascal desanuviou. Ela puxou um pouco a cadeira para ficar um pouco mais próxima da mesa. E dele.

- Vamos lá. Vou começar pela minha mentira: não moro com meus pais. Eu moro sozinha. Meus pais vivem há onze anos em Mônaco, hoje como cidadãos monegascos, por concessão de Vossa Alteza Sereníssima, o Príncipe Alberto II. Disse o que disse por que, apesar de não desconfiar de você imediatamente, também seria imprudente confiar logo de cara nesses seus olhinhos apertadinhos, *"à la Richard Gere"*.

Qualquer tentativa de descrever a cara de Pascal ao ouvir aquilo, seria trair a exatidão.

- Quanto à minha saída *"à la Leão da Montanha"*, a explicação vai demorar um pouco mais. Está disposto?

Pascal estava muito surpreso, mas estava um tanto mais, embriagado com a jovialidade dela. Usando a mesma locução interjetiva que ela usara, concordou imediatamente.

- Vamos lá!

O balconista chegou com os cafés e eles abriram espaço. Adoçando sua xícara, Stéphane começou a falar:

- Refleti muito sobre meus sentimentos e acho que é hora de eu me livrar de certos complexos. Mostrou-me fotos de gente "pavão", e me perguntou se senti inveja. Não, não senti. Não posso falar sobre um sentimento que nunca tive. Raiva, sim. Inveja, não.

"Mas isso não significa que eu não conheça a podridão da inveja. Eu senti seus efeitos durante boa parte da minha vida."

Após bebericar seu café, Stéphane continuou:

- Minha família é extremamente rica. A casa onde moro é nossa menor propriedade. Fiz mestrado em História da Arte. Viajei pelo mundo e morei em vários países. Sou fluente em cinco línguas.

"Meu pai é neurocirurgião e, tenho que dizer, não o é por altruísmo, mas por amor a um conhecimento que o levou a ser dono de um conglomerado farmacêutico.

"Só que eu não aguentei as bexigas cheias de hélio da "*high society*". Então, ele fez questão de que eu conhecesse bem o ambiente onde, segundo ele, "o verdadeiro ser humano vem à tona". E esse ambiente é a cama de um hospital. Não um consultório médico, mas uma enfermaria, onde as dores gritam. Por isso fui ser enfermeira."

Stéphane calou-se por um momento. Retomou, olhando dentro dos olhos do policial.

- Mas ficando entre as pessoas que eu esperava serem as "reais", eu acabei quase tendo que pedir desculpas por ter dinheiro. É a patologia da inveja.

"Não se trata de gostarem ou não de mim. Sem ter feito nada, sem sequer abrir minha boca, despertei ódio e rancor nos outros. Só por ser quem eu sou. Sabe o que é *schadenfreude*?"

Ele não sabia, mas antes que pudesse entreabrir os lábios, Stéphane emendou:

- É a satisfação que sentimos diante do infortúnio do outro. Saber da desgraça alheia ativa o "estriado límbico", área do cérebro relacionada ao prazer.

"Pode apostar, o pensamento de todos os seguidores digitais das famílias mortas foi: "bem feito!". Eu comecei a perceber isso nas pessoas ao meu redor, quando as coisas davam errado pra mim."

Pascal já quase fizera um furo em sua xícara de café de tanto mexer a colher de açúcar. Ao perceber que estava meio hipnotizado, reagiu um pouco desconcertado e, finalmente, deu um gole.

- Uma vez papai me disse que eu não deveria esperar demais de nossa torpe raça. O Homem é fisiologicamente invejoso.

"Do mesmo modo que sentimos prazer ao ver os outros se dando mal, dói vê-los se dando bem. A inveja ativa no cérebro o "córtex cingulado anterior", uma área ligada às sensações de dor."

- Por que citou Tolstói antes de se mandar *"à la Leão da Montanha"*?

Os olhos de Stéphane brilharam. Aquele sofrido investigador de polícia não tinha apenas charme e nobreza de caráter para oferecer. Também tinha sagacidade, inteligência e curiosidade. Tudo de que ela mais sentia falta nas pessoas.

Embora tenha tentado disfarçar, sua expressão de surpresa com a inusitada demonstração de erudição de Pascal ficou evidente. Ele percebeu, mas não se ofendeu:

- Não fique apavorada, não sou leitor de romances russos de mil páginas. Sou cinéfilo. O cinema pode ser uma arte menor se comparado à literatura, mas convém mais a um detetive.

"Assisti a várias versões de "*Anna Karenina*". Vi a maravilhosa Greta Garbo com Fredric March, Vivien Leigh com Ralph Richardson, Jacqueline Bisset com o super-homem Christopher Reeve, Keira Knightley com Jude Law...

"Sou divorciado, Stéphane. Minhas noites não são lá muito aconchegantes. Acabei "juntando os trapos" com a Netflix."

Ela riu encabulada e comentou:

- Bom, então estamos iguais: estou presa num casamento sem amor com a Amazon.

Stéphane observou a cara de satisfação de Pascal com a dica de que "estava solteira" e continuou:

- A imagem da felicidade é um clichê. É algo reproduzido em massa. É preciso conhecer as dores de uma família para conseguir ver sua real felicidade.

- Há muitas dores na sua família?

Pascal testou o limite, ignorando sua intenção inicial de ficar nas "amenidades".

- Meus pais são ricos e moram em Mônaco, mas sou Stéphane, não Stéphanie. Não sou princesa, não vivo um conto de fadas e muito menos sou a "pobre menina rica". Minha família tem seus problemas, é claro. O que ocorre é que eles não são visíveis. A infelicidade das famílias é sempre privada, por isso o é *"... a seu próprio modo."*.

"E por isso passei a ser o mais discreta possível. Sêneca disse: *"Evitamos a inveja se guardarmos as alegrias para nós próprios."* É o que tenho tentado fazer.

"Não tenho mais página no Facebook e mantenho apenas poucos e bons amigos. Não participo mais de grupos no WhatsApp e compartilho muito pouca coisa da minha vida. Confesso que fico aborrecida com isso, porque não precisava ser assim."

- Hehehehe... Acabei de imaginar Sêneca descobrindo a "Bobolândia"... Ele teria um colapso!

- Pascal, preciso lhe dizer: quando se referiu ao manicômio das redes sociais como "Bobolândia", foi engraçado, mas também foi como se uma vela se acendesse na escuridão do meu quarto.

"Finalmente, depois de 29 anos de vida, eu encontrara alguém que se sentia exatamente como eu em relação a essa loucura. As pessoas ficaram simplesmente bobas, não importa a idade!"

- Meu amigo e parceiro no caso, Bernardo, classificou as vítimas - admito que sem muito senso de respeito - como famílias "Doriana", por causa de um antigo comercial da margarina que mostrava uma família perfeita no café da manhã.

- Hehehehe... É o perfeito estereótipo... As "Dorianas" na "Bobolândia".

- Voltando ao Sêneca, acho que ele tem razão apenas em parte, Stéphane. A alegria sufocada por causa dos outros se torna uma alegria pobre. Assistiu "Na Natureza Selvagem", do Sean Penn?

- Não. Li o livro do Krakauer. É a aventura do "Alex Supertramp", né? Profundo, idílico, mas ingênuo.

- Pruffffffff!!!... - bufou Pascal, sorrindo em seguida. - Você terá que se acostumar com meus conhecimentos medianos, senhorita Stéphane.

- Eu adoro filmes, fique tranquilo. E também não os considero "obras menores" em relação aos livros. São apenas diferentes. Há coisas que pedem imagens e há coisas que pedem textos. Por que esse filme te marcou?

"Terá que se acostumar"... Parece promissor... - sonhou ela.

- Apesar do desejo de isolamento, ao menos no filme, o protagonista conclui que "a felicidade é nada se não for compartilhada". Ele experimenta um êxtase de liberdade, mas não há ninguém lá pra refletir esse êxtase de volta. O resultado é o vazio. Sêneca parece não ter considerado isso...

Pascal bebericou seu café, que agora já restava morno. Continuou com sua reflexão:

- Entendi que o "Alex Supertramp" percebeu que somente através da troca de emoções com as pessoas queridas é que os sentimentos podem adquirir substância. Ênfase em "queridas". O que vejo hoje, devido a essas coisas, Facebook, Instagram, etc., é uma exponenciação do inverso disso: a "felicidade" é hipercompartilhada com qualquer um. Eu diria até que o termo "compartilhar" nem se aplica mais, pois pressupõe interação e a esmagadora maioria dos consumidores dessa "felicidade", que classifico como fabricada, é de estranhos totais, cuja manifestação é totalmente oca.

"Lembro-me da alegria que eu sentia ao ir à casa de algum amigo para contar-lhe uma novidade qualquer. Dava pra ver no olhar dele que estava realmente feliz por mim. Era perceptível, verdadeiro.

"Lembro-me da minha própria satisfação quando vinham até a minha casa pra mostrar, cheios de orgulho, o carro novo, ou a roupa nova, ou o nome na lista de aprovados do vestibular. Quando vinham mostrar tênis novos, eu adorava: sempre pisava neles pra "estreá-los". Hehehe... Era bronca na certa..."

Stéphane ouvia, cheia de carinho.

- Stéphane, aquelas pessoas haviam escolhido a mim pra compartilhar sua felicidade. Esse reflexo é a essência da amizade, o atestado de sentimento real.

Os olhos de Pascal se apertaram.

- Hoje todos "publicam" suas vidas pra qualquer um, como se precisassem prestar contas ao mundo de seu "estado de felicidade", que é, invariavelmente, *fake*. Não entenderam que só há sentido na troca entre pessoas íntimas. Do contrário, não há troca, mas exibição, e exibição provoca raiva, rancor. Inveja. Alegria alheia incomoda. Como você bem disse, incomoda fisicamente.

"As campainhas das casas não tocam mais. Não há mais amigos à porta... Todos estão na vitrine, com sorrisos amarelos. Eu quase entendo esse maluco "assassino de pessoas felizes" - reconheceu Pascal, amargurado."

Stéphane puxou o pesado livro que trouxera e, para que pudesse abri-lo com mais liberdade, empurrou sua vazia xícara de café para o lado, não sem antes dar uma conferida na borra. *Yes! À direita!*

- Seu "assassino de pessoas felizes" está aqui. Você não poderia ter sido mais feliz na descrição. Ops! Desculpe o trocadilho... serelepou ela, descontraindo o detetive.

Graciosa. Jovial. Inteligente. Divertida. Bonita. O fato de ser rica chega a ser uma bobagem... Pascal flutuava enquanto Stéphane localizava uma imagem no sofisticado livro.

- Aqui! - exclamou ela. - É um afresco da Cappella degli Scrovegni, pintado por um dos pioneiros da pintura renascentista, Giotto di Bondone, em 1306. A igreja, que é mais conhecida como Capela Arena, fica em Pádua, região do Vêneto, na Itália. Já vi de perto. Fui visitar várias vezes quando morei em Veneza. São diversas pinturas, retratando as virtudes e os vícios da humanidade.

Morar em Veneza...! Enquanto Pascal continuava inebriado, ela virou o enorme livro sobre História da Arte para ele e, apontando para a inscrição em latim sobre a aterradora imagem, disse em tom professoral:
- INVIDIA. É Inveja. Etimologicamente, a palavra significa "não ver".

Ao pousar os olhos naquilo, Pascal tremeu.

Antes que pudesse desengasgar qualquer palavra, Bern adentrou exasperado na cafeteria e quase atropelou algumas mesas pra chegar até a dupla.

- Pascal, Pascal! Que droga! Você sempre ignora o celular! Ainda bem que ainda tá aqui. Pascal, você precisa vir comigo. Eu encontrei, no 5.055, o fio da meada do caso! - esbaforiu Bernardo.

Recuperando o fôlego e a educação, dirigiu-se a Stéphane: - Olá. Desculpe, sou Bernardo. Você deve ser Stéphane. Pascal falou muito de você.

- Olá - retribuiu ela sorridente, satisfeita com o "muito".

- Bern... sente-se, por favor. Preciso que veja algo comigo, aqui, agora.

Pascal foi virando o volumoso livro em direção à cadeira que Bern pegara e, depois que este se acomodou, disse apreensivo:

- Olha isso!

- Puta que pariu!... Desculpem...

Sentindo-se uma detetive, Stéphane tomou a iniciativa de resumir para Bernardo o contexto da figura.

- É um afresco pintado numa capela na Itália. Representa a Inveja, um dos vícios da humanidade. Tem mais de setecentos anos.

- Incrível! É o retrato dos cadáveres das matriarcas! Isso significa que a doutora acertou em cheio com a inveja! - empolgou-se Bern, analisando minuciosamente a obra. - Este lindo livro é seu, Stéphane? - perguntou surpreso, afinal, era evidente que se tratava de uma obra muito cara (para uma enfermeira).

- É da minha coleção. Quando Pascal me contou os detalhes dos assassinatos, a imagem deste afresco me veio à mente.

Numa tentativa de impedir que Bernardo começasse a esmiuçar demais a vida da moça e ficasse ali "segurando vela", Pascal interveio:

- Bern, vamos voltar para a delegacia. Temos peças para juntar.

Bernardo estava tão excitado que fez de conta que não ouviu o chamado de Pascal e disparou a tagarelar.

- Sabe o lance de procurarmos as cobras por meio dos Institutos de Herpetologia? Erramos feio.

"Fui xeretar na casa da vítima do bilhete e dei de cara com um dragão barbudo escondido no jardim! É a porra dum lagarto nativo do interior da Austrália! É um animal exótico.

"E as cobras são o quê? Animais exóticos. Então, investiguei junto aos parentes das outras três famílias mortas e descobri o quê? Iguanas, diabos-espinhosos, esquilos-voadores e até formigas-panda chilenas, um troço que eu nem sabia que existia! Pascal, nosso maluco tem alguma ligação com "Pet Shops" de animais exóticos!"

Pascal ficou em silêncio, absorvendo as deduções do colega. Questionou então:

- Se as famílias tinham animais exóticos, por que não vimos nenhum nas fotos? Tai uma coisa que adorariam exibir.

- Porque são contrabandeados. É crime ambiental. Nenhuma das espécies que as famílias tinham poderia ser adquirida legalmente. Eu levantei algumas informações, mas ainda temos que checar e cruzar os dados.

"Só não consegui ainda investigar outra coisa que achei naquele jardim - continuou Bern. - Um saco de algodão cru com a palavra *"Megera"* escrito com tinta vermelha. Deixei na sua escrivaninha, Pascal."

Stéphane não se conteve:

- Megera? Nossa! É a erínia que personifica a Inveja! Também a Cobiça, o Rancor e o Ciúme. As erínias, na mitologia grega, são as três filhas de Gaia, que é a Mãe-terra, com Urano, que é o Céu.

"A Megera é a que persegue com maior persistência os pobres de espírito, aporrinhando-os sem parar."

Pascal fez cara de espanto e Stéphane tratou de justificar tanto conhecimento:

- Há muitas pinturas sobre isso. Vão ter que me contratar como assistente - brincou, sentindo-se o máximo por estar participando de uma investigação.

Pascal levantou-se olhando para Bernardo, que entendeu e fez o mesmo.

- Stéphane, me perdoe, mas temos que ir. Precisamos juntar tudo isso em uma pessoa, já que, por enquanto, é só simbologia. Eu entro em contato. Você foi fantástica. Obrigado.

Incomodado, antes de sair Pascal virou-se e fez uma última pergunta para a jovem:

- Stéphane, não é um contrassenso que *invídia* possa significar "não ver"? Tudo o que um invejoso faz é ver e cobiçar o mundo alheio.

- Também pode significar "ver distorcido". Pode haver várias interpretações.

"Por exemplo, os invejosos na *Divina Comédia* de Dante estão no Purgatório com os olhos costurados com arame. Se não souberam ver em vida, na morte não verão nada."

Começo a entender porque o assassino fez as matriarcas engolirem os olhos...

- E, Pascal...

Stéphane fez questão de dar sua própria interpretação:

- ... eles não vêm o que tem de bom no seu próprio mundo...

* * *

Bernardo dirigia para a delegacia quando seu celular disparou a tocar. Encostou o carro na primeira vaga que achou e verificou o telefone: não conhecia aquele número.

Intuitivamente, lembrou-se do cartão que a secretária da doutora lhe havia dado. Pegou-o em sua carteira e conferiu: era do consultório de Fátima. Ligou:

- Alô? É o investigador Bernardo. A doutora está?

A secretária estava aflita.

- Sr. Bernardo, é Ângela; fui eu quem fez a ligação. Estou muito preocupada com a doutora. O paciente que entrou para consulta ontem ao final da tarde, logo após a sua visita, saiu antes do término do horário, e parecia muito transtornado.

"A doutora estava bastante nervosa também. Pegou a ficha dele e saiu toda estabanada, derrubando tudo no caminho. Eu nunca a vi assim. Só que até agora ela não apareceu aqui no consultório e não ligou. O celular só dá caixa postal.

"Não consegui pensar em outra pessoa para ligar, me desculpe. O senhor me pareceu ser alguém em quem ela confia."

- Fez muito bem, Ângela, obrigado. Por favor, me passe o celular atual dela. Eu vou tentar ligar. De qualquer forma, se eu não conseguir e ela fizer contato, diga pra me telefonar, seja em qual circunstância for, ok?

Bernardo ligou incontáveis vezes. Tudo que conseguiu foi a frieza da secretária eletrônica.

Resolveu seguir seu caminho para a delegacia. Assim que pisou no gabinete de Pascal, viu que este já ia ranhetar com ele pelo atraso; foi logo se explicando:

- No caminho pra cá, a secretária da doutora me ligou, pedindo ajuda. Ao que parece, um paciente destrambelhou e ela desarranjou junto. Tentei ligar, mas a doutora não atendeu.

Mal acabou de falar e seu celular tocou; era Fátima. Fez sinal para Pascal de que era ela e atendeu.

- Fátima, você está bem? - afobou-se ele.

- Eu ainda não sei se devo falar com você, Bernardo. Falei com a Ângela aqui no consultório e ela insistiu.

- Mas por quê? Olha, eu estou na delegacia. Eu vou até você.

Houve um momento de silêncio. Bernardo ouviu a respiração descompassada dela.

- Seu amigo Pascal está aí do seu lado?

- Está, Fátima, por quê?

- Coloque no "viva-voz", por favor - pediu ela, tensa.

- Ok, pode falar, estamos ouvindo.

- Estou em um conflito que jamais achei que iria enfrentar na minha carreira. Pascal, a frase "... *A felicidade naquele lugar não era cristalina...*" faz algum sentido pra você?

Bernardo não estava entendendo nada do que estava acontecendo. Mas Pascal, ao ouvir aquilo, ligou os pontos. Pulou de sua cadeira, agarrou o celular e praticamente gritou:

- Você está em perigo! Bern está indo buscar você agora! Venha com ele aqui pra delegacia, por favor!

* * *

A tardinha caía, mas nenhum barquinho ia... Tranquilidade era algo distante naquele momento.

Que saudade do mar... Fátima tentava relaxar em pensamento, e seguia muda ao lado de Bernardo, enquanto ele dirigia velozmente para a delegacia.

Toda aquela leveza que ele sentira nela quando se reencontraram no dia anterior, desaparecera.

- Cara esquisito aquele que estava na recepção ontem, hein? - Bernardo tentava pescar algo. - Eu reparei nele no corredor, quando saí. Sujeito estranho...

Fátima não sabia como dizer a Bern que não devia falar.

Que não podia falar.

- Bern - disse finalmente -, na delegacia, não me pressione, por favor. Eu estou em conflito.

Bern olhou para as mãos da doutora e viu que, surpreendentemente, estavam quietas. Ela estava conseguindo se controlar. Por enquanto.

- Você me conhece. Eu jamais te pressionaria.

- *"Antes que o galo cante, tu me negarás três vezes."* - murmurou Fátima, indicando que as promessas sempre são quebradas quando as coisas azedam. Bernardo ouviu.

- Ah, não! Não vem com São Pedro não!

Ela amava isso em Bern. Ele sempre quebrava a seriedade de tudo, fazendo as coisas parecerem menos pesadas do que realmente eram.

Nunca encontrei ninguém que me transmitisse tanta segurança como ele me transmite.

Talvez ela tenha pensado numa frequência aberta demais. Ele captou. E perguntou:

- Por que Ângela ligou pra mim? Você não está com ninguém?

- Meus dedos não deixam, Bern. Os príncipes viram sapos diante do meu "T.O.C.". Parece que só sossegam mesmo com você...

O carro adentrou a garagem privativa da "Homicídios" e Fátima sentiu um calafrio.

Desceram em silêncio - havia muita coisa para refletirem -, e rumaram direto para o gabinete de Pascal, que esperava impaciente.

- Olá, doutora. Por favor, sente-se. Fico satisfeito em revê-la. É claro, eu esperava que fosse outra a circunstância.

Fátima sorriu educadamente e ajeitou-se na cadeira defronte à escrivaninha de Pascal.

Percorreu o ambiente com o profundo azul de seus olhos, que, embora deslumbrantes, não foram suficientes para tornar menos feias algumas das imagens que refletiu.

Reparou nos bilhetes presos ao painel: "matriarca 1"; "matriarca 2"; "matriarca 3"...

"... aquela que deveria ser nossa matriarca foi apodrecendo..."

Começou a gelar. Pascal notou.

... "matriarca 4 * marido com bilhete na camisa azul".

Quando pousou o olhar sobre a escrivaninha, viu o saco de algodão cru com a palavra ***"Megera"*** escrita em tinta vermelha.

"... a Megera é implacável..."

Entrou em pânico. Levantou-se de supetão e implorou a Bern:

- Eu não vou conseguir fazer isso. Não vou! - e começou a andar de um lado para outro, com dez dedos se cutucando.

- Não faça.

A voz com o firme comando não veio de Bern, como ela esperava. Veio de Pascal.

- Doutora, embora possa ser quebrado quando há risco à vida, compreendemos e respeitamos o sigilo entre profissional e paciente.

Bernardo entendeu. E completou:

- Não lhe pediremos isso. Venha. Eu vou deixá-la em seu apartamento. Nossas viaturas irão patrulhar sua vizinhança, não se preocupe mais.

Sentindo o amigo bem próximo, abraçou-o demoradamente. Por fim, levantou a cabeça e olhou-o de baixo para cima:

- Obrigada. Vamos, por favor.

Deteve-se na porta e olhou para Pascal.

- Eu cometi um erro na interpretação do bilhete. O assassino não sente inveja. Ele a odeia. E se sente na obrigação de punir os que deliberadamente a despertam.

* * *

Diante da porta do apartamento de Fátima, Bernardo ficara desconfortável. Seus mundos eram muito díspares, e outrora isso os havia separado.

Ele estava tão incomodado que não sabia como se despedir. Ela ficara introspectiva durante todo o trajeto, e ele não vira oportunidade de acessá-la.

Então, antes de entrar, ela passou a mão no rosto dele e abriu-se, de uma forma que nunca fizera antes:

– Vá fazer o que tem que ser feito, policial. Quando terminar, me procure, por favor. Se achar que não é tarde demais, vamos nos dar mais uma chance. Quem sabe, agora, a vida queira...

Cheio de esperança, enquanto descia no elevador, Bern começou a árdua tarefa de remover de dentro de seu peito as pesadas pedras que, há duas décadas, colocara para soterrar seu amor por ela.

Saindo do prédio, ligou para o consultório, torcendo para que a secretária da doutora ainda estivesse lá. Escolheu minuciosamente as palavras:

– Ângela, é Bernardo. Por gentileza, você sabe como se chama aquela pessoa que estava na recepção quando fui aí ontem?

Inocente e automaticamente, sem sequer refletir, Ângela respondeu:

– É Samael.

– Samuel?

– Não, Samael, com "a" mesmo. Mas nunca o tratamos pelo nome, ele exige ser chamado de Sam. Por quê?

– Acho que o conheço – dissimulou.

– A doutora está bem?

– Sim, está tudo bem, fique tranquila. Obrigado.

Bernardo ligou em seguida para Pascal, passou o nome do suspeito e voou para a delegacia.

Mas ficou preso num enorme engarrafamento.

* * *

Pascal já havia investigado tudo quando, finalmente, Bernardo adentrou no gabinete. Checava cuidadosamente sua Glock 9mm, preparando-se para visitar o "maluco".

- Bern, já sabemos pelos parentes de quais "Pet Shops" os animais exóticos vieram. E sabemos, pelas lojas, quem os "viabilizou". Adivinha!

- Nosso Samael?

- Doutor Samael. Médico veterinário, mais conhecido como Sam. Tem uma clínica e uma importadora de animais.

"No começo do ano passado ele sofreu uma sindicância por parte do Conselho de Medicina Veterinária.

"Ao que parece, entrou no país com alguns ovinhos estranhos, acondicionados em um sofisticado "ninho" eletrônico, que controlava desde a temperatura interna do ambiente até seu grau de umidade e a quantidade de luz.

"Tanta tecnologia chamou a atenção, mas ele acabou liberado na ocasião declarando serem os ovos de inofensivas *Dinodon septentrionalis*, as "fofinhas" que o Karl mencionou, lembra? O Conselho nos passou os dados. Temos o endereço dele."

Pascal fez questão de observar com satisfação:

- E poupamos a doutora.

Bernardo assimilava tudo atentamente.

- Sabe, Bern, eu tive um pressentimento ruim ao ouvir aquela frase no "viva-voz". Na ocasião em que ela analisou o bilhete pra mim, ela falou em "ode cristalina".

"Entendi que ela estava me dando uma "dica" na ligação. Mas foi quando ela estava aqui, no gabinete, que eu realmente tive a certeza de que, inacreditavelmente, nosso assassino só podia ser o tal paciente surtado.

"Apesar de conhecê-la muito pouco, ficou evidente que pressionar por uma denúncia a destruiria. Fátima demonstrou ser muito íntegra. Uma pessoa com princípios, ética. Uma joia rara.

"E você, meu caro, teve a presença de espírito e o *insight* para também perceber, na hora, que não precisaríamos da denúncia."

Ainda incrédulo Bernardo pontuou:

- O bilhete, Pascal. Eu tenho que admitir, as coisas se desenrolaram ao redor dele...

* * *

Sam estava sentado no canto do confortável sofá de sua sala de estar, assistindo em seu telão o astro Phil Collins cantar *Going Back*, de Carole King. Estrategicamente ao alcance, sobre um pequeno aparador, uma taça com vinho tinto de sua adega repousava serenamente, aguardando alguma atenção do comensal, tendo por companhia a fotografia de um esquisito personagem largada próxima.

♫

I think I'm going back	Acho que vou voltar
To the things	Para as coisas
I learned so well	Que aprendi tão bem
In my youth	Na minha juventude
I think I'm returning to	Acho que estou retornando
All those days	Aos dias em que eu
When I was young enough	Era jovem o suficiente
To know the truth	Para saber a verdade

♫

Em alta definição, Phil, imerso em uma performance de profunda emoção, mantinha os olhos fechados, espremendo a nostalgia daquelas palavras até o sumo, hipnotizando Sam e transportando-o para as tardes de primavera do sítio de sua infância...

♫

Now there are no games	Agora não há brincadeiras
To only pass the time	Só para passar o tempo
No more eletric trains	Não há mais trens elétricos
No more trees to climb	Não há mais árvores para subir
But thinking young	Mas ter o espírito jovem
And growing older	E envelhecer
Is no sin	Não é pecado
And I can play	E eu posso jogar
The game of life to win	O jogo da vida para vencer

♫

Embora aninhado na lembrança dos braços protetores e carinhosos de seu pai, à medida que a melodia fluía por suas veias e transportava até sua mente palavras desalentadas com a vida moderna, um estado de melancolia lentamente começava a instalar-se em seu corpo, dificultando a oxigenação de suas células sanguíneas e ameaçando sufocá-lo...

♫

I can recall the time	Consigo me lembrar da época
When I wasn't ashamed	Em que eu não tinha vergonha
To reach out to a friend	De pedir ajuda a um amigo
And now I think I've got	Agora acho que tenho
A lot more than	Muito mais do que
Just my toys to lend	Só meus brinquedos para emprestar
Now there's more to do	Agora há mais o que fazer
Then watch my sailboat glide	Do que ver meu veleiro navegar
And everyday can be	E todo dia pode ser
My magic paradise	Meu Paraíso mágico
And I can play	E eu posso brincar
Hide and seek with my fears	De pique-esconde com meus medos
And live my days	E viver meus dias
Instead of counting my years	Em vez de contar os meus anos

♫

Sentindo crescer a angústia dentro de si, Sam começou a despedir-se de suas memórias e deixou seu mágico mundo esvanecer-se. Abriu os lacrimosos olhos e os fixou na face de seu cantor preferido, que suportava heroicamente as marcas do tempo.

Then everyone debate
The true reality
I'd rather see my world
The way it used to be

Então todos discutem
A verdadeira realidade
Eu prefiro ver o meu mundo
Do jeito que costumava ser

A little bit of courage
All we lack
So catch me if you can
'cause I'm going back

Um pouco de coragem
É tudo o que nos falta
Então me pegue, se conseguir
Porque eu vou voltar

Esticou o braço para pegar sua taça de vinho, mas deteve automaticamente sua mão no ar ao ouvir uma incisiva, porém não surpreendente ordem: - Polícia! Mãos para o alto e não se mexa!

I'm going back
Back to those days
Walking away
Yes, I'm going back
Going back to my youth
Come on, catch me
'cause I'm going back
I'm going back

Eu vou voltar
Voltar para aqueles dias
Estou indo embora
É isso mesmo, eu vou voltar
Vou voltar para minha juventude
Vamos lá, me pegue
Porque eu vou voltar
Eu vou voltar

* * *

A Glock 9mm de Pascal apontava diretamente para a cabeça de Sam.

O supremo poder de persuasão... - pensou o veterinário, notando também que o negro túnel do cano da arma não oscilava sequer um milímetro.

Ele não treme. Não está hesitante. Não há medo neste homem... Sequer há ansiedade... Este homem é uma alma destruída... Assim como eu...

Bernardo foi aproximando-se cautelosamente por detrás do sofá, de arma em punho.

Ao ficar defronte para Sam, percebeu que ele instantaneamente o reconheceu do consultório, mas estranhamente não demonstrou estar surpreso.

- Dr. Samael, o senhor é suspeito de assassinato. Nós o levaremos em custódia até a delegacia - informou Pascal protocolarmente.

- Senhores - disse o homem de rosto de pedra -, sentem-se, por favor. Eu irei com vocês. Permitam-me apenas tomar minha última taça de vinho, enquanto conversamos um pouco.

"Tenho aversão a delegacias. Receio que lá não serei tão útil. Posso abaixar meus braços? Eles estão formigando..."

Pascal não viu qualquer indício de que Sam tivesse intenção de reagir. Mas não quis conversa.

- Sinto muito, Senhor Samael. Levante-se ou será levado à força. E mantenha os braços para cima.

Quando Bern se adiantou para pegá-lo pelo braço esquerdo, imediatamente recuou.

- Pascal! Algo se mexeu na manga da camisa!

- Prezados, por favor, me chamem de Sam - disse ele abaixando lentamente os braços sob a mira das armas.

Antes que os detetives terminassem de gritar "NÃO FAÇA ISSO!", uma pequena cabeça preto-azulada despontou por debaixo do punho da camisa do doutor, projetando sua língua bifurcada para detectar seu aroma preferido: medo, que a esta altura inundava Bernardo.

O demônio desceu pelo sofá numa velocidade incrível e num piscar de olhos estava nos pés do apavorado policial, que estava atônito demais para raciocinar.

De repente, a cabeça da *Krait* explodiu no piso de mármore branco e seu corpo escamoso rendeu-se ao chão trincado pela bala da 9mm de Pascal.

Sam apenas suspirou.

- Você está bem Bern? - perguntou Pascal sem tirar o olho de Sam.

- Defina "bem", Pascal. Meu coração está na minha boca, porra! Vamos levar esse demente logo.

- Não, não vamos mais.

Sob o olhar esbugalhado de Bern, Pascal guardou sua pistola no coldre, aproximou-se do aparador, pegou a taça de vinho e ofereceu-a para Sam.

Notou a fotografia sobre o móvel, mas não disse nada. Deu a volta na sala e sentou-se numa poltrona lateral.

Bern, um pouco mais calmo, começou a entender o que se passava e fez o mesmo, sentando-se na poltrona contrária à de Pascal.

- Vou chamar uma ambulância - disse Pascal, pegando o celular, mas sem muita convicção de fazê-lo.

- Não se dê ao trabalho. O veneno é irreversível na quase totalidade dos casos. E sou alérgico ao único soro que poderia ter alguma chance.

- Quanto tempo?

- Não muito. Talvez algumas horas. Talvez nem uma... - disse Sam calmamente.

Bernardo ficou olhando os dois. A cena só podia ser descrita como quixotesca. Um investigador e um *serial killer* nostálgicos, sentados na sala para uma prosa, como se fossem compadres.

Bern intuiu que Pascal queria mais que tudo entender as razões de Sam. O médico, parecendo ignorar sua condição de suicida moribundo, degustava o vinho serenamente.

Bernardo resolveu provocar:

- Sabia que viríamos, Samael?

O homem perdeu a rédea da serenidade que cavalgava e vomitou:

- NÃO ME CHAME ASSIM! EU PEDI EDUCADAMENTE! TENHA ALGUM RESPEITO, SEU BUFÃO!

Assustado com a reação explosiva e repentina, Bern inclinou-se para trás na poltrona e levou a mão ao coldre.

Permanecendo na mesma posição em que se encontrava, Pascal deixou claro que tinha certeza de que Sam não era mais uma ameaça.

Perguntou sem qualquer alteração na voz:

- Responda, por favor, doutor Sam. Sabia que viríamos?

- Eu estava na recepção do consultório da doutora Fátima quando o bufão aí chegou e se apresentou para a secretária como investigador e amigo - disse Sam asperamente.

Bern ouviu constrangido, mas calado.

- Fiquei tenso por ver a Polícia ali. Poderia ser coincidência, ou poderia ser que já estivessem rastreando algum suspeito, cuja trilha os havia levado até o consultório.

"A possibilidade de chegarem até mim me preocupou e durante a sessão eu me descontrolei. A doutora é uma excelente psicóloga.

"Na terapia, ela viu a chance de trazer à tona meus sentimentos mais negros... Mas eu ainda não estava pronto e fugi dali.

"É claro, depois disso, me pareceu provável que ela buscaria me investigar mais a fundo. E aqui estão vocês..."

- Por que evita seu nome, Sam?

Com seu rosto duro, Sam olhou diretamente para o rosto impassível de Pascal e, abaixando o tom, começou a narrar:

- Eu deveria ser Samuel. O "Nome de Deus". Papai concebia Deus como sendo a Natureza. E a realização máxima da Natureza são os filhos.

"Mas foi minha mãe quem me levou ao Registro, e resolveu brincar com meu nome, mudando uma simples letra, porque, para ela, "soava mais bonito". Minha mãe era ignorante. Simplória.

"Ela não sabia o que fazia. E me chamou Samael. O "Veneno de Deus"; O Acusador; O primeiro nome de Lúcifer. O Destruidor... Eu carrego o estigma da desgraça. E assim se cumpriu."

Bernardo abaixou a cabeça. *Dementes...* Sam continuou:

- Meu pai, que era todo amor, simplesmente aceitou. Chamava-me de Sam, e assim mantinha a harmonia em casa. Nosso sítio era o retrato da felicidade. Na simplicidade das coisas da terra, vivíamos o paraíso.

Sam se permitiu um generoso gole do vinho e fechou os olhos para continuar, como que precisando repassar na mente as imagens do que estava contando.

- Então, um dia, finalmente, aquele ao qual fui consagrado pela pobreza de espírito de minha mãe, bateu à nossa porta.

"Não veio como habitualmente viria, ou seja, na pele da serpente. Veio cheirando a lavanda, vestido com renda branca, na pele da esposa do proprietário das terras vizinhas ao nosso sítio.

"A mulher queria mostrar o smartphone que ganhara de presente de aniversário. O aparelho mágico que colocava o mundo nas mãos de seu possuidor.

"A tentação encontrou nosso lar naquele dia.

"Minha mãe mudou. Passou a ficar cada vez menos em casa. Passou a se encontrar com a vizinha todos os dias e voltava depois de horas, irritadiça e nervosa.

"Exigiu ter seu próprio aparelho. Papai resistiu, mas acabou percebendo que teria que lidar com aquilo, já que quase todas as pessoas dali já tinham um. Cedeu. E pôs a serpente dentro de casa."

Sam abriu os olhos. Pascal sentiu uma eletricidade percorrer seus ossos e olhou para Bern, que havia se inclinado para frente na poltrona.

Bern cruzou o olhar de Pascal com a mesma tensão. Os olhos de Sam estavam sanguinolentos.

– Não demorou muito para que minha mãe descobrisse as tais "redes sociais". E fosse possuída por completo...

"Passou a não cuidar mais das suas tarefas. Por que o faria, afinal? Nas redes só há diversão, não há ninguém trabalhando. O mundo é uma festa. Só os otários trabalham. Foi o que ela concluiu.

"Começou a sentar-se na sala, que antes achava tão aconchegante, e reclamar que os móveis eram feios. Passou a dizer que as cores da casa eram feias.

"Passou a xingar o carvalho *Roble* que havia na propriedade, por sujar demais o quintal com folhas. Passou a reclamar que não tínhamos um jardineiro para catar as folhas. Aliás, o quintal passou a ser feio também, porque não tinha uma piscina. O mundo é chique. Só os otários são simples. Foi o que ela concluiu.

"Aquela coisa estava sempre na mão dela. Sempre. Dormia e acordava com o aparelho. Não o largava sequer para escovar os dentes ou se vestir.

"Limpava a casa segurando-o e passou a fazer tudo malfeito. Cozinhava segurando-o e passou a queimar o almoço com frequência. Entrava no banheiro e lá ficava por horas.

"Não conversava mais com papai. Não prestava mais atenção em nada. Checava o aparelho sem parar; sem parar; sem parar...

"Meu pai foi ficando de joelhos diante de tanto ranço. Até que ela o culpou por não ter tudo que, segundo seu mágico aparelho, todos tinham.

"Seu smartphone lhe dizia diuturnamente: "todo mundo vive viajando...". Só os otários não viajavam. Só ela não viajava. Foi o que ela concluiu.

"E foi embora.

"Sem estudo, só conseguiu ser faxineira e morar na periferia. Mas continuou achando que fora meu pai que a havia feito "desperdiçar" seus melhores anos. Um dia, revoltada com a fartura na casa de uma família onde trabalhava como diarista, furtou uma das sacolas que haviam sido trazidas da feira.

"Esquecera-se de que havia abandonado uma casa em que sempre houvera fartura.

"Em seu casebre, pegou um repolho da sacola e foi desfolhá-lo. Enrolada entre as folhas havia uma *Leptomicrurus*, uma das mais venenosas cobras do mundo. Uma Cobra-coral... lindo animal...

"Quando minha mãe foi encontrada, estava irreconhecível de tão podre. Foi meu pai, apesar de tudo, quem a devolveu para a terra. Mas a Megera quis ser exemplar na punição da inveja remoída por minha mãe."

Pascal e Bernardo se entreolharam. Sam percebeu. Lembrou-se que também falara da Megera para a doutora. Lembrou-se do saco de algodão cru que perdera na casa da última família que havia punido.

Resolveu concluir sua narrativa.

- Depois da morte de minha mãe, papai ficou tão triste que passava as noites no quintal, olhando fixamente o céu.

"Um dia acabou adormecendo sob o carvalho. Uma *Bothrops* o picou no pescoço. É uma Jararaca. Foi uma morte muito, muito dolorosa. O veneno necrosou toda sua cabeça.

"Eu havia xingado minha mãe de "jararaca" alguns meses antes dela morrer. Meu pai não merecia aquilo.

"Eu tive um colapso."

Sam tomou mais um gole do vinho, mas desta vez teve dificuldade de colocar a taça de volta no aparador. Os detetives perceberam.

Bernardo estava desconsolado e envergonhado.

Puta merda! Que Karma...

Pascal apressou-se:

- Sam, por que matou aquelas pessoas?

- Minha desgraça havia se consumado e nada mais me restava senão tentar viver com meus fantasmas. Tentei me afastar de qualquer coisa que trouxesse as tentações. "O que os olhos não vêm, o coração não sente." Sábio di...tado.

"Ma... mas... - Sam pareceu arrastar a frase. - ... mas a sociedade está saturada pelo... assédio do mundo digital. Quando abri meu negócio de importação... de animais exóticos, comecei a ter cont...ato com um certo... tipo de pessoas, as quais passei a desprezar... e depois... a odiar."

A cabeça de Sam começou a pender levemente para a direita. Sua fala começou a ficar esticada, como um disco em baixa rotação.

Mesmo sem fôlego, ele parecia querer continuar a falar.

- Minha m...ãe foi levada a acreditar que... que... todos viviam num es... esta... estado de felici...

felicidade permanente. Isso não existe. Mas nas mídias di... digitais, os hipócritas do mundo se mostram assim. Não tenho nada contra de...monstrar felicidade. Eu a tive.

"Eu... matei aquelas famílias porque eram mi... miserá... veis, mas projetav...am uma imagem ina...tin...gível. Elas faziam as demais pessoas senti... sentirem-se pequenas, excluídas. Aquele tipo de ge... ge... gente destruiu minha mãe. São os servos da Meg...er...a. Eu tinha que impedi-los."

A pálpebra direita de Sam caiu e sua boca começou a torcer-se para o mesmo lado.

Com um esforço penoso, ele mesmo levantou com dificuldade seu braço direito e apoiou o cotovelo no braço do sofá, de modo que pôde deitar sua cabeça em sua mão e assim conseguir continuar falando.

Pascal não sentiu que Sam buscava absolvição. Ele parecia estar buscando empatia.

- A internet está abarrotada dessa gente, Sam. - Bernardo julgou que tinha que intervir. - Se não tivéssemos chegado até você, quantas pessoas mais iria matar?

- ... U...ma. A Megera t... tem muitos servos. Percebi... que t...inh...a que des...tr...uir a... a... fo...nte do mal. Seu ve...íc...ulo.

- Sam, qual é a fonte do mal? - Perguntou Pascal intrigado.

- A f...o...tog...rafi...a...

Pascal entendeu. Levantou-se, pegou o celular, ligou para a emergência e pediu a ambulância.

Não pensou que salvaria Sam. Apenas que teria que remover um corpo.

- Saiba que a doutora não te entregou. Foi o seu bilhete. Ainda bem que você escreveu aquele bilhete, Sam. Ainda bem... - disse Bernardo levantando-se também e pegando nas mãos, de cima do aparador, a dita fotografia.

Pascal viu a deformada face de Sam de repente assumir uma expressão inconfundível de espanto.

O braço dele, cuja mão segurava o peso da cabeça inerme, escorregou para baixo, fazendo com que todo o corpo desmoronasse, terminando escorado pela junção do encosto com o braço do sofá.

Percebendo que Sam estava aflito para falar, Pascal achegou seus ouvidos aos já arroxeados lábios do médico.

- Qu...e bil...h...ete? Eu n...ão escr...e...vi nenh...u...m bi...

Pascal viu atônito o exato momento em que as pupilas de Sam vitrificaram.

Uma baba indigna pingou da boca entreaberta do morto-vivo e alojou-se no estimado blazer de sarja preto do investigador.

* * *

Na primeira hora do dia, na sede da gigante digital de Menlo Park, o agente da Interpol Maxwell vasculhava toda a correspondência em busca de um peculiar pacote endereçado ao seu jovem CEO.

Treinado para ver o que pessoas ordinárias não veriam, Maxwell separou uma pequena embalagem de papelão, que poderia passar prosaicamente, não fossem doze minúsculos furos feitos estrategicamente nas junções da caixa.

Pascal recebeu a mensagem do colega via SMS:

"seu palpite estava certo"

"localizamos o pacote"

"continha uma serpente"

"excelente trabalho"

O investigador abriu o cofre próximo à sua escrivaninha e guardou sua arma.

Vestia preto, mas não era seu paletó usual. E nem estava de luto.

Usava (inconscientemente?) uma camiseta com o logo do "black álbum" do Metallica e um jeans descolado. Passou a vista no gabinete e rumou para a saída, assobiando.

Cruzou com a última fotografia anexada ao painel na parede e a olhou, indiferente, por alguns instantes. Fechou a porta e saiu.

Stéphane estava esperando no carro. A agenda do dia previa passeio no parque, restaurante e cinema...

* * *

Bernardo chegou ao consultório de Fátima no fim da manhã e foi recebido por Ângela com sua habitual simpatia.

- Ela está aguardando, Sr. Bernardo. Por gentileza, pode ir até lá.

Fátima estava com a porta aberta, encostada no batente, observando o policial caminhar pelo corredor.

Usava um vestido de algodão branco com delicadas estampas de flores.

- Estou faminta, Sr. Bernardo. Vamos almoçar?

- Almoçar? - surpreendeu-se ele. - Achei que depois do que lhe contei no telefone de manhã, você estaria pirando. Não foi pra te ajudar a digerir a coisa toda que quis que eu viesse?

- Fiquei triste pelo Sam, é verdade. Por outro lado, tive um momento de epifania! Vamos conversar sim, daqui a pouco, pois a única coisa que eu quero digerir agora é uma bela macarronada! - disse a doutora puxando Bern pelo braço, que ofereceu resistência nenhuma.

No carro, dirigindo a caminho da *trattoria* sugerida por ela, Bern não se conteve:

- Fátima, eu estou muito confuso. Você tem certeza de que entendeu mesmo o que eu disse no telefone? Sam não escreveu bilhete algum! Como pode ser? Eu fui o primeiro a achar que o bilhete destoava, porque era singular, mas, em retrospecto, tudo aconteceu ao redor dele! Como você pode estar tão "*zen*", tendo visto o bilhete?

- Vamos ouvir um pouco de música - falou a doutora, ligando o rádio do carro. - Como eu já disse, nós já iremos conversar sobre isso. Eu vou te explicar algumas coisas...

Quando a música encheu o carro, Fátima deu uma gostosa gargalhada e, virando-se para o apalermado motorista, disse divertidamente:

- Você conhece esta música, "*mister*" sabichão?

- Parece o Sting...

- É o Sting, mas com o The Police. "*King of Pain*", do album Synchronicity.

- E...

- Minha nossa, Bern! Você abandonou muito cedo a psicologia. Olha a entrada do restaurante ali. Vamos nos sentar, pedir um bom vinho e conversar a tarde inteira...

Entraram, sentaram e pediram. Bern estava ansioso. Fátima estava relaxada. O *sommelier* ofereceu o vinho para degustação.

- Perfeito!

- Excelente.

Servidos, bebericaram e foram ao colóquio:

- Vai, Fátima, sou todo ouvidos - intimou Bern.

- Nos tempos da faculdade, você sempre ficava intrigado comigo porque eu parecia "adivinhar" as coisas que as pessoas estavam pensando, lembra-se?

- Lembro. Aliás, você fez isso quando fui te ver pra falar do bilhete. O lance do divã: "*... Não tenho divã, senhor Bernardo, sou junguiana, não freudiana...*" - remedou Bern.

"Eu só tinha pensado que o seu corredor era tão bonito que seus pacientes chegariam tão relaxados que dormiriam no seu divã..."

Fátima riu e perguntou:

- Então... chegou a estudar Jung?

- Não. Eu estava mais preocupado com o exame da corporação. Tudo o que vi nos parcos meses em que fui à faculdade foi superficial demais.

- Pois bem, não vou tentar convencê-lo de nada então - disse Fátima. - Vou contar-lhe dois casos relatados pelo próprio Jung.

"No primeiro caso, uma paciente contava a ele que havia sonhado que lhe presenteavam com um escaravelho de ouro. Durante a narrativa, ele estava sentado de costas para uma janela fechada.

"Ouviu um ruído na janela, foi verificar e viu que era um inseto tentando entrar. Um escarabeido que, naquele lugar, era o que havia de mais próximo a um escaravelho."

- Coincidência...

- Sabia que diria isso. No segundo caso, vai ficar mais difícil você concluir a mesma coisa.

"Jung diz que numa manhã de abril de 1949, ele trabalhara em uma figura que era metade homem, metade peixe. Naquele dia, almoçou peixe. Uma pessoa falou a respeito do costume de se comer peixe em abril. Mais tarde, uma paciente que ele não via há tempos, lhe mostrou figuras de peixe. À noite, mostraram-lhe um bordado representando um monstro marinho. Na manhã seguinte, outra paciente, que não via há dez anos, fora lhe contar que na noite anterior ela sonhara com um peixe enorme.

"Alguns meses depois, quando ele incluiu tal narrativa em outro trabalho, foi à beira do lago defronte sua casa, onde já tinha estado naquela manhã e encontrou um peixe de 30 cm morto sobre a amurada do lago. Como ninguém pôde ter estado lá, ele não tinha ideia de como o peixe tinha ido parar ali."

- Aonde quer chegar, Fátima?

- Sincronicidade, Bern. A teoria do Jung: acontecimentos que se relacionam não por relação causal e sim por relação de significado.

- Tá falando sério?

- Lembra-se da música no carro? "*Sting*" pode ser traduzido como "picada"; "*The Police*", você sabe, nem preciso dizer; "*King of Pain*" é o "Rei do Sofrimento". E "*Synchronicity*"...

- Tá, tá, tá... É Sincronicidade. Mas, então, como diabos um pedaço de papel tão "sincronizado" com tudo pode ter ido parar no bolso de uma vítima de assassinato, sem ter sido obra do próprio assassino?

- Essa é a "acausalidade". Ela é esperável quando parece impensável a causalidade.

"Talvez nunca saibamos como, mas, pode apostar, há uma explicação para aquele bilhete, especificamente, ter ido parar no bolso da camisa daquela pessoa, especificamente.

"Sinto-me incrível! O caso nos proporcionou vivenciar a Sincronicidade em sua plenitude!"

- Fátima, eu vou ter que tomar umas cinco garrafas deste vinho pra absorver tudo isso...

- Pruffffffff!!!... - bufou ela, divertida. - Segundo o Jung, "*O ceticismo e a resistência criam disposições desfavoráveis no sujeito*". É por isso que você não consegue "adivinhar" o que as pessoas estão pensando.

"Você está fechado para as frequências do universo. Mas eu vou abrir essa sua cabeça dura."

O garçom aproximou-se da mesa do casal com a tentadora macarronada.

Antes de render-se à tentação, Bern quis fazer uma pergunta à doutora sobre algo que o estava deixando muito desconfortável desde a noite anterior:

- Fátima, me diga com sinceridade, eu preciso ouvir da sua boca: você acha que sou um "bufão"?

Ela sorriu ternamente.

Esticou seu braço esquerdo e segurou a mão direita do (agora inseguro) investigador.

- Não, você não é. Você é a pessoa mais linda que eu já conheci. Não saia nunca mais da minha vida.

"Até você se tornar consciente, o inconsciente irá dirigir sua vida, e você vai chamá-lo de destino."

Carl Gustav Jung

EPÍLOGO

A Break Point Editora está numa cruzada para estimular a criatividade.

Convidamos você a dar a sua explicação para o bilhete, redigindo em 20 (vinte) linhas, no máximo, seu próprio "Epílogo".

Conte-nos sua ideia sobre a origem do bilhete e como ele foi parar na cena do crime.

R$ 5.000,00 (cinco mil reais) aguardam o consumidor (adquirente do livro) que encaminhar à Editora, até 30/06/2021, via e-mail, para o endereço eletrônico alexcrivier@breakpointeditora.com.br, o texto que, a critério exclusivo da Editora, mais se aproximar da explicação idealizada pelo autor.

Será aceito 01 (um) texto por CPF participante, devendo o e-mail utilizado para o envio ser o mesmo que foi cadastrado no site da Editora quando da aquisição.

Somente 01 (um) texto será escolhido. Na hipótese de constatar-se a existência de texto(s) equivalente(s) ao escolhido, mas vinculado(s) a CPF(s) diferente(s), o valor do incentivo poderá ser dividido proporcionalmente entre os autores, a critério exclusivo da Editora.

O verdadeiro "Epílogo", escrito pelo autor Alex Crivier, juntamente com o cheque administrativo do incentivo, encontra-se em envelope lacrado por Tabelião.

Em 30/08/2021, a Editora realizará evento de abertura do envelope e divulgará o resultado em seu site www.breakpointeditora.com.br.

Break Point Editora:

"Reflexão amparada por conhecimento."

Nota: A proposta é um desafio à reflexão sobre o teor do livro. Não é um concurso, promoção, campanha, ação de marketing ou semelhante. Visa estimular o desenvolvimento da capacidade criativa das pessoas, sendo a obtenção do incentivo monetário resultado de engajamento e esforço mental.

REFERÊNCIAS

Abertura *Não há invejosos; há admiradores vesgos.* Drummond de Andrade, Carlos. O avesso das coisas. Rio de Janeiro: Record, 1987, p.85.

23 *A pobreza do eu... na certeza de nada.* Poema "BALANÇO". Drummond de Andrade, Carlos. Corpo - novos poemas. Rio de Janeiro: 12ª ed., Record, 1995, p.107.

27 *Tarde, a vida me ensina... é a que se faz sem poeta.* Poema "LIÇÃO". Drummond de Andrade, Carlos. Corpo - novos poemas. Rio de Janeiro: 12ª ed., Record, 1995, p.79.

28 *A obra de arte é o resultado feliz de uma angústia contínua.* Drummond de Andrade, Carlos. O avesso das coisas. Rio de Janeiro: Record, 1987, p.17.

53 *Todas as famílias felizes se parecem. Cada família infeliz é infeliz a seu próprio modo.* Tolstói, Liev. Anna Karenina. Traduzido do Russo. Domínio público.

67 *Era uma vez, um cara do interior... e adeus paz.* Belchior. Notícia de terra civilizada. Bahiuno. São Paulo: Movieplay, 1993.

80 *Evitamos a inveja se guardarmos as alegrias para nós próprios.* Sêneca. Filósofo estoico. 4 a.C. Domínio público.

96 *Antes que o galo cante, tu me negarás três vezes.* Bíblia. Mateus 26:75.

125 *O ceticismo e a resistência criam disposições desfavoráveis no sujeito.* Jung, Carl Gustav. Sincronicidade. Petrópolis, RJ: 13ª ed., Editora Vozes, 2005.

127 *Até você se tornar consciente, o inconsciente irá dirigir sua vida, e você vai chamá-lo de destino.* Na versão em inglês: Until you make the unconscious conscious, it will direct your life and you will call it fate. Jung, Carl Gustav. AION: Researches into the Phenomenology of the Self. CW 9. Princeton: Princeton University Press, 1948/1970, par. 126.

Contracapa *Todos os jardins se fizeram para ti... do que agora te sobra.* Poema "MENINO". Teixidor, Joan. Tradução publicada em Correspondência de Cabral com Bandeira e Drummond. Rio de Janeiro: Nova Fronteira, 2001, p.291.

NOTAS

Capa,84 *A Inveja* (1306). Giotto (c. 1266-1337). Cappela Scrovegni (ou Cappela Arena), Pádua. Afresco, 120 x 55 cm. - Disponível em:
https://www.ricardocosta.com/artigo/inveja-na-arte-medieval-e-renascentista

41,65 Le Chêne de Flagey (O carvalho de Flagey) - pintura de paisagem. Courbet, Jean Désiré Gustave. 1864. Disponível em:
https://en.m.wikipedia.org/wiki/The_Oak_at_Flagey

65 L'Origine du monde (A origem do mundo) - pintura realista. Courbet, Jean Désiré Gustave. 1866. Disponível em:
https://www.pariscityvision.com/pt/paris/museus-de-paris/museu-de-orsay/origem-do-mundo

79 Anna Karenina - Romance Russo. Tolstói, Liev. 1877. Domínio público. Disponível em:
https://pt.wikipedia.org/wiki/Anna_Karenina

81 Na Natureza Selvagem (título em inglês: Into the Wild). Filme de Sean Penn (2007), baseado no livro de Jon Krakauer (1996). Disponível em:
https://pt.wikipedia.org/wiki/Into_the_Wild_(filme)
https://pt.wikipedia.org/wiki/Into_the_Wild

103-106 *I think I'm going back... I'm going back.* Performance: Collins, Phil. Going Back. 2010. Carole King. 1970. Disponível em : https://www.youtube.com/watch?v=UrxFpcaNlCU

122 The Police. King of Pain. Synchronicity. A&M Records, 1983. Disponível em : https://www.youtube.com/watch?v=tFN5DveQH0o

123-125 Casos. Teoria da Sincronicidade. Jung, Carl Gustav. Disponível em: https://pt.wikipedia.org/wiki/Sincronicidade

ÍNDICE ONOMÁSTICO

1ª edição: outubro de 2020
impressão: Break Point Editora Ltda.
papel de miolo: Paperfect Susano 75g.
papel de capa: Cartão Triplex 250g.
tipografia: Book Antiqua 12.

BREAK POINT
EDITORA

Break Point Editora Ltda.
Caixa Postal 45 - CEP: 14001-970
Ribeirão Preto/SP (16) 3877-9511
www.breakpointeditora.com.br